KB183357

고수의 어휘 _ 사용법

일러두기

- 이 책은 어휘력을 키우는 최적의 훈련법을 PT 형식으로 제공합니다. PT 난이도는 레벨 1~5로 표시했습니다.
- 책에 실린 참고자료들은 인용허가를 최대한 받고자 했고 출처는 모두 각주에서 밝혔습니다. 만약 누락이 있다면 알려주시기 바랍니다.
- 본문에 나오는 어휘의 뜻풀이는 대부분 국립국어원 표준국어대사전을 따랐습니다.

고수의 어휘 사용법

2024년 10월 29일 초판 01쇄 발행
2025년 03월 25일 초판 04쇄 발행

지은이 김선영

발행인 이규상 편집인 임현숙
편집장 김은영 책임편집 정윤정 책임마케팅 원혜윤
콘텐츠사업팀 문지연 강정민 정윤정 원혜윤 윤선애
디자인팀 최희민 두형주
채널 및 제작 관리 이순복 회계팀 김하나

펴낸곳 (주)백도씨
출판등록 제2012-000170호(2007년 6월 22일)
주소 03044 서울시 종로구 효자로7길 23, 3층(통의동 7-33)
전화 02 3443 0311(편집) 02 3012 0117(마케팅) 팩스 02 3012 3010
이메일 book@100doci.com(편집·원고 투고) valva@100doci.com(유통·사업 제휴)
포스트 post.naver.com/black-fish 블로그 blog.naver.com/black-fish
인스타그램 @blackfish_book

ISBN 978-89-6833-481-8 03800

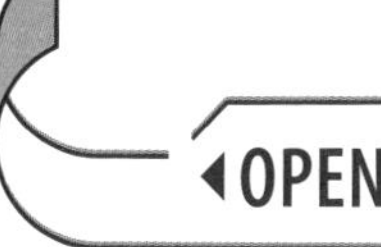

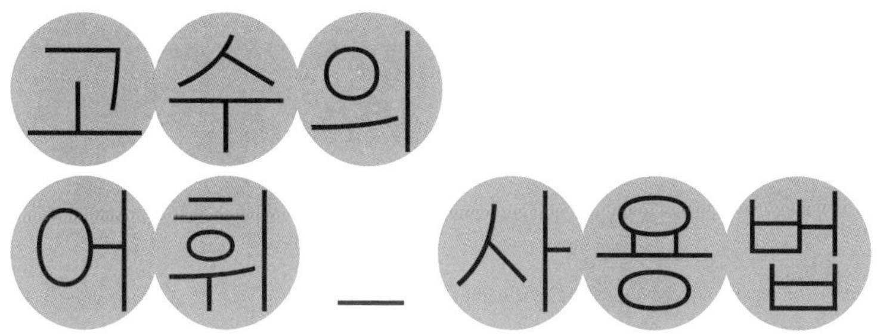

고수의 어휘 사용법

김선영 지음

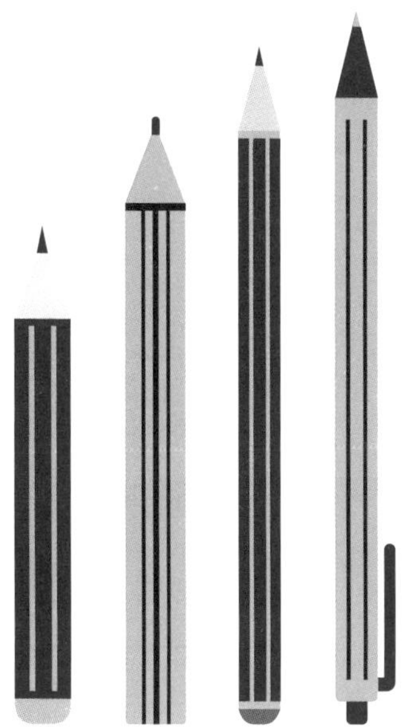

어휘 기초대사량 UP 트레이닝

[9 주 완 성]

WEEK 1주 차
몸풀기 : 어휘력 종합 테스트
WEEK 2~3주 차
유연성 : 읽기 훈련
WEEK 4~5주 차
유산소 : 말하기 훈련
WEEK 6~7주 차
근력 : 쓰기 훈련
WEEK 8~9주 차
지구력 : 되새기기 훈련

블랙피쉬
Black Fish

프롤로그

책을 읽어도 어휘력이 제자리라면? '어휘력 PT'를 시작할 때

'과실'이라는 단어를 보면 무엇이 떠오르나요? 글쓰기 수업 중 과일을 또 다른 말로 과실이라고 부른다는 사실을 모르는 사람이 꽤 많아서 놀란 적이 있는데요. 특히 20대는 '교통사고 과실'처럼 부주의로 발생한 일을 뜻하는 단어로만 알고 있는 경우가 많았습니다. 사과, 배, 귤, 밤을 가리켜 과일이라고 하지만 또 다른 말로 과실이라고도 일컫죠. 열매를 얻기 위해 가꾸는 나무를 '과실수'라고 부르고요.

'과일이라는 단어를 훨씬 자주 쓰는데 굳이 과실까지 기억해야 하나?'라고 생각했다면 이 책을 집어 들지 않았을 겁니다. 어휘력에 관심 있다면 지금보다 더 다양한 어휘를 알고 싶고, 평소 하는 말과 글의 품격을 한 단계 더 높이고 싶은 목마름이 있을 거예요.

수준 있는 책도 읽어보고 싶은데 뜻 모를 단어가 자꾸만 나타나니 한숨이 나옵니다. 국어사전을 찾아봐도 그때뿐, 다음에 다시 마주치면 처음 본 듯 새롭지요. 어린 시절처럼 단어가 머릿속에 금방 새겨지지 않습니다. 그러니 글을 쓸 때도 비슷한 표현을 반복합니다.

어휘력을 키우고 싶은데 방법을 모르겠다고요? 마치 운동 초심자가 새해를 맞아 굳은 결심으로 헬스장에 등록했는데, 무엇부터 해야 할지 몰라서 쭈뼛거리는 것과 같습니다. 트레이너에게 1:1로 PT를 받으며 올바른 운동법을 배우듯, 어휘력을 키울 때도 맞춤 코치가 있다면 얼마나 좋을까요?

글쓰기와 독서에 어려움을 겪는 이들의 동반자, '글밥 코치'가 이번에는 어휘력 집중 훈련 프로그램을 들고 찾아왔습니다. 전작《나도 한 문장 잘 쓰면 바랄 게 없겠네》로 글쓰기 기본을 다지고《어른의 문해력》으로 한 권을 읽어도 제대로 읽는 방법을 익혔다면, 마지막 관문《고수의 어휘 사용법》으로 말의 품격을 높일 차례입니다.

어휘력이면 어휘력이지, 왜 '고수의 어휘력'이냐고요? 어떤 분야에 기술이나 능력이 뛰어난 사람을 '고수'라고 부르는데요. 솔직히 어휘력 '중수'만 되어도 사는 데 큰 지장은 없습니다. 생존에 필요한 단어 수는 그렇게 많지 않으니까요. 가정이나 학교, 회사에서 사람들과 소통할 때를 떠올려보세요. 매일 고만고만한 단어를 사용하고 있잖아요. 그런데도 우리는 왜 어휘력 부족을 느끼며 시무룩할까요?

기본 이상을 알고 싶은 마음이에요. 어휘력에 갈증을 느낀다면 독서와 글쓰기의 가치를 이미 잘 알고 있을 테니까요. 그러니 욕심이 날 수밖에요. 물욕, 식탐도 아닌데 뭐 어때요. 어휘력 고수가 되고 싶은 욕심은 얼마든지 부려도 좋습니다.

9주 완성, '어휘력 고수'로 거듭나는 체계적인 훈련 코스

이렇게 욕심 많은 분을 위해 고급 어휘력 PT를 준비했습니다. 어휘의 격을 높여주는 체계적인 훈련법을 설계했습니다. 실생활과 동떨어진 어려운 단어를 배우자는 뜻이 아닙니다. **중요한 건 단어의 수나 난이도가 아니라, 새로운 어휘를 마주쳤을 때 어떻게 대처하고 내 것으로 만드는지를 아는 일입니다.** 그러니까, 이 책은 물고기를 던져주는 책이 아니라 물고기 잡는 그물을 만드는 법을 알려주는 책입니다.

1장에서는 나의 현재 **어휘력 상태를 진단**하고 준비운동을 합니다. 먼저, 어휘 건강체의 기준인 '어휘 기초대사량'을 측정하는 세 가지 기준(읽기, 말하기, 쓰기)으로 간단한 테스트를 진행합니다. 어휘력이 삶에 미치는 영향력을 알아보고 훈련에 앞서 마음가짐을 가다듬습니다.

2장에서는 **올바르게 읽는 방법**을 연마합니다. 책을 읽다가 생소한 단어를 만났을 때 단순히 암기하는 것이 아니라 어떻게 단어를 분류하고 익혀야 하는지 구체적으로 알려주고 직접 연습도 해봅니다. 새로운 시각으로 단어를 인지하는 어휘 민감성을 키웁니다.

3장에서는 **품격 있게 말하는 법**을 배웁니다. 고급 어휘를 문장 짓는 데만 사용하고 그치면 아쉽죠. 입 밖으로 소리 내어 말하기에도 익숙해지게끔 훈련합니다. 헷갈리는 높임말도 제대로 짚고 넘어갑니다.

4장에서는 **쓰면서 익히는 어휘력 훈련법**을 다룹니다. 글쓰기 고수들의 메모법, 게임처럼 재미있는 유의어 학습법을 소개하고 조사와 띄어쓰기처럼 사소하게 여겨지는 것들을 챙겨서 고수의 문장을 짓도록 이끕니다.

마지막 5장에서는 그동안 훈련했던 **읽기, 말하기, 쓰기를 복습**하는 시간을 마련했습니다. 기존 훈련법을 그대로 반복하는 게 아니라, 수준을 살짝 높였습니다. 되새김 훈련을 하면서 그동안 제대로 학습했는지 스스로 점검해볼 수 있습니다.

2~4장의 각 훈련 코스는 '오늘의 PT'라는 실습 문제가 붙어 있어 주도적으로 학습하게끔 신경 썼습니다. 이 책의 미덕은 활용입니다. 그렇다고 재미가 없으면 아쉽죠. 글밥 코치가 두 마리 토끼를 잡으려고 사방팔방 뛰어다녔습니다.

어려운 책도 술술 읽고 세련되게 말하고 싶나요? 깔끔하고 정확한 글을 써보고 싶다고요? 어휘라는 격랑이 넘실거리는 망망대해로 지금 떠나봅시다. 낚싯대나 그물은 필요 없습니다. 약간의 용기, 펜과 노트만 준비하세요.

차 례

3장 유산소
말하기 훈련: 평소 말투부터 제대로

4장 근력
쓰기 훈련: 말과 글의 격을 높이기

5장 지구력

되새기기 훈련

1장

몸풀기

어휘력 PT에 들어가기 전에

PT 1회 차 당신은 품위 있게 말하고 있나요?

- 어휘력 종합 테스트

글쓰기 코치 글밥의 고급 어휘력 PT에 등록하신 여러분 환영합니다. 오늘부터 9주 동안 어휘 근력을 집중적으로 키워봅시다. 하품이 나오거나 마냥 힘들기만 한 훈련이 아닙니다. 새로운 어휘를 알아가는 기쁨과 재미에 푹 빠질 거예요. 그러려면 지치지 않게 페이스 조절을 잘해야겠죠? 차근차근 설명해드릴 테니 잘 따라오세요.

왠지 모르게 교양과 품위가 느껴지는 사람이 있습니다. 겉모습 때문일까요? 비밀은 그가 평소 하는 말, 어휘 속에 숨어 있는데요. 나의 어휘력 상태는 어떤지부터 짚어볼까요?

□ 감정을 표현할 때 '헐', '대박', '짜증 나'처럼 단순하게 말한다.

□ 맞춤법이 틀릴까 봐 문자(카톡, 이메일 등) 소통을 꺼리는 편이다.

□ 하고 싶은 말이 있는데 단어가 생각나지 않아 자주 애를 먹는다.

□ 책을 읽다가 뜻을 모르는 단어가 너무 많아서 종종 당황한다.

□ 사람들과 대화 중 나만 무슨 뜻인지 모르는 것 같아 침묵(혹은 아는 척)한 적이 있다.

어떻게 내 이야기만 모두 모아놨는지, 독심술이라도 익혔냐고요? 그만큼 많은 사람의 고민이라는 뜻일지도 모릅니다. 설사 5개 모두 해당한다고 해도 너무 낙심하지 마세요. 꾸준히 어휘력에 관심을 가지면 분명히 달라질 테니까요.

본격적으로 훈련을 시작하기 전, '어휘 기초대사량'을 측정해보겠습니다. 현재 상태를 제대로 알아야 배움의 동기가 더 강렬해질 테니까요.

그런데 '기초대사량'이라는 말이 왠지 익숙하다고요? 건강검진할 때 들어보았을 거예요. 생명을 유지하는 데 필요한 최소한의 에너지양을 기초대사량이라고 하는데요. 기초대사량은 아무런 활동을 하지 않고 숨만 쉬어도 소비됩니다. 즉, 기초대사량이 높으면 쉽게 살이 찌지 않아 체중 관리에 유리하죠. 반면 기초대사량이 낮으면 조금만 먹어도 살이 찌고 다이어트를 해도 금방 요요 현상을 겪습니다.

어휘 기초대사량은 읽기, 말하기, 쓰기 영역으로 구성했습니다. 어휘 기초대사량이 높으면 평소 구사하는 어휘의 종류가 다양하고 능숙하게 활용한다는 의미입니다. 땔감으로 사용할 충분한 어휘가 있으니 품격 있는 언어생활이 꺼지지 않고 뭉근하게 타오릅니다. 반면 어휘 기초대사량이 낮으면, 어휘를 활용하는 에너지가 부족해 말을 하거나 글을 쓸 때 쉽게 피로해지고요. 내 몸의 기초대사량이 낮다고 '어휘 기초대사량'까지 낮으라는 법은 없습니다. 어서 확인해 볼까요.

읽기 부문

1 뜻 **다음 나이는 몇 살을 가리킬까?** (개당 3점, 총 15점)

① 공자는 이립에 학문의 기초를 확립했다.

② 그는 약관의 나이부터 지금의 일을 시작했다.

③ 벌써 고희를 바라보는구나.

④ 그녀는 이순에 접어든 뒤로 말이 부쩍 줄었다.

⑤ 요즘은 지천명이면 한창 활동할 시기다.

정답은?

- 30세 / 20세 / 70세 / 60세 / 50세

2 뜻 **다음 중 순우리말과 뜻이 제대로 연결된 짝 3개는?** (개당 5점, 총 15점)

① 두남받다 - 남몰래 미움을 받다

② 벙글다 - 아이가 웃는 모양

③ 다붓이 - 붙어 있는 정도가 매우 가깝게

④ 에움길 – 굽은 길

⑤ 궁싯거리다 – 입술을 조그맣게 움직이다

⑥ 몽치 – 나무에 웃자란 가지

⑦ 하늬바람 – 남쪽에서 부는 바람

⑧ 제낄손 – 일을 해내는 솜씨나 능력

⑨ 마수걸이 – 한옥 문의 잠금장치

⑩ 깜냥깜냥 – 고양이가 사뿐히 걷는 모습

정답은?

① 두남받다 – 남다른 도움이나 사랑을 받다

② 벙글다 – 어린 꽃봉오리가 꽃을 피우기 위해 망울이 생기다

③ 다붓이 – 붙어 있는 정도가 매우 가깝게 (정답)

④ 에움길 – 굽은 길 (정답)

⑤ 궁싯거리다 – 잠이 오지 아니하여 누워서 몸을 이리저리 뒤척거리다

⑥ 몽치 – 짤막하고 단단한 몽둥이

⑦ 하늬바람 – 서쪽에서 부는 바람

⑧ 제낄손 – 일을 해내는 솜씨나 능력 (정답)

⑨ 마수걸이 – 맨 처음으로 물건을 파는 일. 또는 거기서 얻은 소득

⑩ 깜냥깜냥 – 자신의 힘을 다하여

3 **뜻과 활용** 다음 단어의 뜻을 쓰고 해당 단어를 넣어 문장을 지어보자.

(단어 뜻 5점, 문장 짓기 5점, 총 70점)

예) 편린
- 단어 뜻: 아주 작은 조각
- 문장 짓기: 일상의 편린이 모여 삶의 방향을 결정한다.

① 기민하다

- 단어 뜻:
- 문장 짓기:

② 흰소리

- 단어 뜻:
- 문장 짓기:

③ 지리멸렬

- 단어 뜻:
- 문장 짓기:

④ 곡절

• 단어 뜻:

• 문장 짓기:

⑤ 영민하다

• 단어 뜻:

• 문장 짓기:

⑥ 성기다

• 단어 뜻:

• 문장 짓기:

⑦ 선뜩하다

• 단어 뜻:

• 문장 짓기:

표준국어대사전 풀이 (비슷하게 썼다면 정답 처리!)

① **기민하다[형용사]:** 눈치가 빠르고 동작이 날쌔다.

② **흰소리[명사]:** 터무니없이 자랑으로 떠벌리거나 거드럭거리며 허풍을 떠는 말.

③ **지리멸렬[명사]:** 이리저리 흩어지고 찢기어 갈피를 잡을 수 없음.

④ **곡절[명사]:** 1.순조롭지 아니하게 얽힌 이런저런 복잡한 사정이나 까닭, 2.구불구불 꺾이어 있는 상태.

⑤ **영민하다[형용사]:** 매우 영특하고 민첩하다.

⑥ **성기다[형용사]:** 1. 물건 사이가 뜨다, 2. 반복되는 횟수나 도수가 뜨다, 3. 관계가 깊지 않고 서먹하다.

⑦ **선뜩하다[형용사]:** 1. 갑자기 서늘한 느낌이 있다, 2. 갑자기 놀라서 마음에 서늘한 느낌이 있다.

말하기 부문

1 뜻과 활용 **다음 통화 내용에서 어색하게 쓰인 단어 3개를 찾은 후 자연스럽게 고쳐보자.** (개당 10점, 총 30점)

요즘은 무슨 정신으로 사는지 모르겠어. 오늘은 화장실에 가서 오줌 쌀 시간도 없을 만큼 바빴다니까. 게다가 제빵 수업 때 밀가루를 체에 거르다가 실수로 바닥에 쏟기까지 했어. 며칠 동안 잠을 제대로 못 자서 그런가, 몸이 부었는지 종아리는 또 어찌나 두꺼워졌는지.

정답은?

- 싸다 → 누다: 오줌 눌 시간도 없을 만큼
- 거르다 → 치다: 밀가루를 체에 치다가
- 두껍다 → 굵다: 종아리는 또 어찌나 굵어졌는지.

해설

- **누다/싸다:** '배설물을 몸 밖으로 내보내다'라는 뜻은 '누다'를 쓴다. '싸다'는 '똥이나 오줌을 참지 못하고 함부로 누다'라는 뜻으로 '아기가 기저귀에 오줌을 싸다'와 같은 경우에 쓴다.
- **거르다/치다:** '거르다'는 '찌꺼기나 건더기가 있는 액체를 체나 거름종이 따위에 밭쳐서 액체만 받아 내다'라는 뜻. 밀가루는 '가루 상태의 물질을 체로 흔들어서 곱게 만들다'라는 의미를 담고 있는 '치다'가 더 어울린다.
- **두껍다/굵다:** '굵다'와 '가늘다'는 원통형의 지름을 표현할 때 사용하고, '두껍다'와 '얇다'는 책과 같이 납작한 두께를 표현할 때 주로 사용한다.

2 **뜻** **다음 사물과 어울리는 단위와 그 개수를 선으로 이어보자.** (연결 하나당 3점, 총 30점)

*정답 공개 전 단위는 '개'로 통일

정답은?

- 마늘 - 한 접 - 100개
- 오징어 - 한 축 - 20마리
- 한약 - 한 제 - 20첩
- 바늘 - 한 쌈 - 24개
- 김 - 한 톳 - 100장

3 **활용** **어색한 존댓말을 올바르게 고쳐보자.** (개당 10점, 40점 만점)

① 주문하신 따뜻한 아메리카노 나오셨습니다.

② 아빠, 할머니가 밥 먹으시래요.

③ 제가 존경하셨던 선생님이 어젯밤 작고하셨어요.

④ 할아버지는 자기가 아끼던 화분을 내게 주었다.

정답은?

① 주문하신 따뜻한 아메리카노 나왔습니다.

② 아버지, 할머니께서 진지 잡수시래요.

③ 제가 존경했던 선생님께서 어젯밤 작고하셨어요.

④ 할아버지께서 당신이 아끼던 화분을 내게 주셨다.

쓰기 부문

1 형태 **다음 밑줄 친 단어 중 맞춤법이 올바른 것은?** (개당 6점, 60점 만점)

- 나는 아니라니까, 괜히 엄한/애먼 사람 잡지 마.
- 집에 가는 길에 마트에 들렸다/들렀다 가자.
- 당연히 정답을 맞힌/맞춘 줄 알았는데 틀렸더라고.
- 그렇게 가방을 내팽개치니/내팽겨치니 잃어버리지.
- 오늘이 5월 몇일/며칠이었지?
- 우유를 다 마시면 우유곽/우유갑을 잘 씻어서 재활용 바구니에 넣으렴.
- 나는 김치찌개/김치찌게보다는 김치찜을 더 좋아해.
- 명절에는 느지막이/느즈막이/늦으막이 출발하는 게 차가 덜 막힌다.
- 자기가 먹은 그릇은 자기가 설거지/설겆이하는 게 당연하다.
- 아침보다는 저녁/저녘 시간이 운동하기 더 편해.

정답은?

• 애먼 / 들렀다 / 맞힌 / 내팽개치니 / 며칠 / 우유갑 / 김치찌개 / 느지막이 / 설거지 / 저녁

2 형태 다음 중 표기가 올바른 것은? (10점)

① 섭섭치 ② 익숙치 ③ 깨끗지 ④ 탐탁치 ⑤ 적절지

정답은?

③ 깨끗지

[올바른 표기] 섭섭지, 익숙지, 탐탁지, 적절치

해설

'치'가 되는지, '지'가 되는지는 '-하지' 앞 음절의 끝소리에 달려 있다. '-하지' 앞이 유성음(모음, ㄴ, ㄹ, ㅁ, ㅇ)일 때는 'ㅏ'만 떨어져 'ㅎ+지=치'가 된다. '-하지' 앞이 무성음(ㄱ, ㅂ, ㅅ)일 때는 '하'가 떨어져 '지'만 남는다.

• 유성음: 발음할 때 목청이 떨려 울리는 소리.
자음은 '나라마음치(ㄴㄹㅁㅇ+ㅊ)'로 외우면 기억하기 쉽다.

3 활용 다음 문장에 띄어쓰기 표시∨를 해보자. (개당 6점, 총 30점)

① 어쩔수밖에없는상황이었다.

② 나한테는역시너뿐이야.

③ 늦기전에학교에가는게좋을거같아.

④ 골목길에서고양이세마리가불쑥튀어나왔다.

⑤ 우리는헤어진지두달밖에안되었다.

정답은?

① 어쩔∨수밖에∨없는∨상황이었다.

② 나한테는∨역시∨너뿐이야.

③ 늦기∨전에∨학교에∨가는∨게∨좋을∨거∨같아.

④ 골목길에서∨고양이∨세∨마리가∨불쑥∨튀어나왔다.

⑤ 우리는∨헤어진∨지∨두∨달밖에∨안∨되었다.

당신의 현재 '어휘 기초대사량'은? 

어휘 기초대사량: 읽기 + 말하기 + 쓰기 = 300점 만점

- 0~75점: 물만 먹어도 살찌는, 어휘력 병약체
- 76~125점: 이유 없이 피곤한, 어휘력 허약체
- 126~225점: 그때그때 컨디션이 다른, 어휘력 표준체
- 226~300점: 근육 탄탄 활력 충만, 어휘력 건강체

어휘 기초대사량이 예상한 대로 나왔나요? 설사 결과가 좋지 않아도 너무 좌절하지 마세요. 이제 시작이니까요. 몸의 기초대사량을 높이는 방법은 균형 잡힌 식생활과 꾸준한 운동으로 근육량을 늘리는 것이라 하죠. 어휘력 기초대사량도 마찬가지입니다. 제대로 '읽고'(먹기), '말하며 쓰는 생활'(운동)을 이어가면서 어휘 근육량을 늘립니다. 마음의 준비가 되었다면 이제 오리엔테이션으로 넘어가봅시다.

PT 1회차 내가 말하면 왜 없어 보일까

- OT 1교시

어휘 기초대사량에 충격을 받고 얼얼했다면 상서로운 징조입니다. 앞으로 어휘력 PT에 꼬박꼬박 참여할 테니까요(부디 충격으로만 끝나지 않길!).

어휘력이 뛰어난 사람들은 글도 잘 쓰지만 말을 참 세련되게 하죠. 반대로, 스스로 어휘력이 부족하다고 느낀다면 이런 생각을 한 번쯤 해봤을 거예요. '이상하게 내가 말하면(글 쓰면) 왜 없어 보이지?'

1. 쉬운 맞춤법을 틀린다

무심코 SNS를 넘겨보다가 멈칫한 적이 있는데요. 처음 보는 단어라 눈을 비비고 다시 읽어보았습니다. 한 사진 게시물에는 이런 댓글이 달려 있었습니다(다음 페이지에서 확인해주세요).

태연해 보이던 게시물의 주인공은 속으로 '외숙모'라고 알려주고 싶었을지, 아니면 문제점을 몰랐을지 궁금합니다. 인터넷 검색 엔진에 '외숭모'라고 입력해봤습니다. 카페와 블로그 온라인 게시글에

snstagram

가족들과 모처럼 함께 행복한 시간 :)

요즘 **외숭모** 많이 바쁘시지? 건강 잘 챙겨드려~

그래야지ㅎㅎ 고마워!

'외숭모'라고 표기한 검색 결과가 제법 많이 뜨더군요.

혹자는 '맞춤법이 그렇게 중요하냐, 외숙모를 걱정하는 마음을 봐야지'라며, 달을 가리키는데 손톱을 본다고 혀를 찰지도 모르겠습니다. 맞춤법과 외숙모를 걱정하는 마음 중에 하나를 선택하라면 후자가 더 중요하다고 생각합니다. 하지만 맞춤법을 지키면서 외숙모를 걱정하면 더 좋지 않을까요.

흔히 쓰는 말 중에 '없어 보인다'라는 표현이 있는데요. 외적인 행색이 빈곤해 보일 때보다는 언행이나 행동에 품위가 떨어져 보일 때 더 자주 쓰입니다. 나이에 걸맞은 교양을 쌓지 못해서 무의식적으로 흘러나오는 행동이 '없어 보이면' 어쩔 수 없는 노릇입니다. 그런데 실은 '있는' 사람인데 없어 보이면 억울하겠죠. 혹은 '지금은 없지만 있고자 노력하는 중'이라면요. 하고 싶은 말은, 어휘를 제대로 알고 적절하게 쓰는 능력이 그 사람의 이미지에 큰 영향을 미친다는 겁니다.

2. 의미 없는 수식어를 습관적으로 쓴다

어휘를 잘 부리는 능력은 글에만 국한되지 않습니다. 무의식적으로 내뱉는 말도 포함합니다. 한 토크쇼에 젊은 모델이 출연했어요. 여러 명품 브랜드사에서 다투어 러브 콜을 보낼 만큼 잘나가는 모델이었죠. 그가 그 자리에 오르기까지 피땀 어린 노력이 있었음을, 토크를 통해 충분히 알게 되었습니다. 그런데 대단한 커리어와 별개로 어딘지 아마추어 같은 분위기가 풍겼습니다. 미성숙한 말투가 원인이었는데요. 말을 할 때마다 '이제', '아니', '막', '약간'이라는 수식어를 습관처럼 사용해 성급하고 산만한 느낌을 주었습니다.

누구나 입버릇처럼 자주 하는 말이 있습니다. 말을 시작할 때마다 '솔직히'나 '대박'을 쓰는 사람도 있죠. 보통 본인은 모릅니다. 글밥 코치도 마찬가지였어요. 어느 날 제가 출연했던 유튜브 영상을 보다가 깨달았습니다. '조금'이라는 단어를 불필요하게 사용한다는 사실을요. 가령, "그런 말투는 좋지 않습니다"라고 말하면 될 것을 "그런 말투는 조금 좋지 않습니다"라고 표현하는 식이었죠. 강한 어조로 말하면 사람들이 거부감을 느끼지 않을까 하는 두려움이 존재했던 걸까요.

'조금'이라는 단어를 너무 자주 사용하면 확신이 없어 보이고 상대방에게 신뢰를 주기 어렵겠죠. 이를 인지한 뒤로 고치려고 노력하는데 쉽지 않습니다. 말을 이미 내뱉은 후에야 '아차, 또 조금이라는 말을 붙였네' 하고 깨닫습니다. 한번 입에 붙은 말은 떼어내기가 여간 어려운 일이 아닙니다. 그렇지만 인지했으니 노력하면 결국에는 고쳐집니다. 혹시 글밥 코치가 말을 하면서 '조금'이라는 단어를 반복해 쓰는 것을 목격한 분은 꼭 알려주시기 바랍니다.

3. 자신이 잘 모르는 단어를 쓴다

단어의 의미를 제대로 알고 쓰는 것도 중요합니다. 괜히 '있어 보이려고' 어려운 말을 쓰다가 오히려 낭패를 보는 경우가 있으니까요. 다음 대화는 제가 실제로 목격했던 상황입니다.

상황 1은 문맥상 '매너리즘'이나 '번아웃'을 뜻하는 것 같았습니다. 아마도 끝 발음이 같은 매너리즘을 말하고 싶었던 것 같죠? 자기애를 뜻하는 나르시시즘의 뜻을 잘못 알고 있었거나 둘을 착각했겠죠. 상황 2는 콘퍼런스(대규모 회의)를 말하는 것 같습니다(메일 본문에 '콘퍼런스를 첨부했습니다'라고 써 보내지 않았길). 당연히 익숙지 않은 단어는 뜻이 헷갈릴 수 있습니다. 그러므로 외래어나 전문용어는 무리

상황 1	**영상제작자가 동료에게**	"나 왜 이렇게 편집하기가 싫지. 아무래도 요즘 나르시시즘에 빠졌나 봐."
상황 2	**신입사원이 인턴 학생에게**	"다음 주에 제가 휴가라서 레퍼런스에는 함께 참석하지 못해요."
상황 3	**다이어트를 하는 친구에게**	"슈퍼모델이 추천하는 운동이니까 살 빼는 데 도움이 될 리가 만무하지."

해서 사용하기보다는 확실하게 아는 다른 단어를 선택하는 편이 낫습니다. 상황 3은 '절대로 없다'라는 뜻을 지닌 '만무하다'를 반대 의미로 알고 있는 듯합니다.

4. 외래어나 줄임말을 남발한다

- 시그니처 하드웨어 장식이 포인트 라인으로 들어가며 골드컬러가 골져스한 무드를 줍니다.
- 짱께 배달 왔다. 근데 와리바시가 모자라네. 다마네기도 빠졌잖아?
- 우래기 얼집에 윰차 둘 때가 없어서 당황했네요. 문센 주변에 키카 추천 좀여.

무슨 뜻인지는 대충 알겠으나 좋은 인상을 주는 언어 습관은 아닙니다. 너무 빡빡하게 군다고요? 인정합니다. 글밥 코치도 위에 언급했던 말이나 글 습관이 가끔 무의식적으로 나올 때가 있습니다. 다만 어휘를 잘 골라서 쓰려는 노력을 포기하지는 말자는 뜻이에요.

정확하고 정갈하게 말하려고 애를 쓰면 쓸수록 어휘력이 길러집니다. 그렇게 노력하다 보면 남들에게 '있어 보이는' 사람이 아니라 정말로 '(품격) 있는' 사람이 됩니다. 어휘력 PT를 하는 궁극적인 목적이 아닐까요.

얼마나 다양한 어휘를 쓰고 있나요?

- OT 2교시

국립국어원 표준국어대사전에 실린 표제어[*]는 얼마나 될까요? 무려 42만여 개입니다. 벌써 얼굴이 하얗게 질린 것 같은데, 안심하세요. 그중에 상당수는 일상에서 잘 쓰지 않고 평생 한 번도 사용하지 않습니다. 생활하면서 쓰는 어휘는 한정되어 있죠. 그럼에도 누군가는 어휘력이 뛰어나다고 평하고 누군가는 어휘력이 처진다고 고민합니다. 무엇이 다른 걸까요.

어휘란 단어의 집합을 말합니다. 하지만 단순히 많은 단어를 안다고 어휘력이 뛰어난 게 아닙니다. 먼저, 어휘력이 정확히 무엇인지부터 짚어볼까요. 어휘력은 단어의 형태와 의미, 활용에 관한 지식의 총체를 말합니다. 즉, 어휘를 이해하고 잘 부리어 쓰는 능력을 어휘력이라고 합니다.

---

* 단어와 구를 포함한다.

"어휘력이 뛰어나다" = **어휘를 이해하고 잘 부리어 쓴다**
① 단어의 형태를 제대로 안다.
② 단어의 의미를 정확히 안다.
③ 단어를 시의적절하게 활용한다.

단어의 **형태**란 발음과 철자를 뜻합니다. 예를 들어, '희한하다'를 '희안하다'로 발음하거나 표기한다면 단어의 형태를 잘못 알고 있는 것이죠. **의미**는 단어가 지니는 뜻을 말합니다. 가령, '무료하다(심심하고 지루하다)'를 '공짜'라는 뜻으로 안다면 단어의 의미를 제대로 모르는 것이죠. **활용**이란 단어를 꼭 맞는 상황에 제대로 쓸 수 있는지를 말합니다. 예를 들어, '불콰하다'(얼굴빛이 술기운을 띠거나 혈기가 좋아 불그레하다)라는 단어의 뜻을 새롭게 알았는데 막상 작문에 사용하지 못하거나 '오물을 밟아서 기분이 불콰했다'('불쾌했다'와 동의어로 착각)처럼 엉뚱한 맥락으로 쓴다면 제대로 활용하지 못하는 것입니다.

발음이나 맞춤법은 주로 어린 시절 단기간에 익히지만, 의미와 활용은 오랜 세월에 걸쳐 계속해서 축적합니다. 어휘력이 뛰어나다는 것은 많은 단어의 뜻을 알 뿐만 아니라, 오랜 기간 접하고 활용한 경험 덕분에 알맞은 상황에 자연스럽게 어휘를 구사하는 능력을 말합니다.

어휘력이 떨어지면, 즉 뜻을 잘 모르고 제대로 활용할 줄 모르면 결국 자신이 안다고 확신하는 단어 안에서 골라 쓰겠죠. 마치 빗장을 걸고 쇄국책을 펼치듯 혼자만의 어휘 성에 고립됩니다.

어휘력이 떨어져 자신의 감정을 세밀하게 표현하지 못하면 소통에도 어려움을 겪게 됩니다. 신경정신분석학자인 루안 브리젠딘의 연구에 따르면, 여성은 하루 평균 2만 단어를, 남성은 7천 단어를 말한다고 하는데요. 국가나 연령대에 따라 다르겠지만 차이가 크죠? 여성이 자신의 감정을 말하기를 좋아해서 그렇답니다. 감정을 다양하게 표현할수록 사용하는 단어 수도 늘어날 테니 어휘력에도 보탬이 되겠죠?

나는 하루에 7천~2만 단어를 쓰고 있나요? 특히 온라인상에서 사용하는 줄임말에 익숙해지면서 감정을 표현하는 말이 단조로워졌습니다. 만약에 길에서 좋아하는 연예인을 우연히 마주쳤다면, 어떤 단어를 가장 먼저 입 밖으로 내뱉을까요. 십중팔구 '대박'이나 '헐' 아닐까요.

긍정적 감정과 부정적 감정을 표현하는 단어들을 다음 페이지에 나열했습니다. 평소 사용하는 단어에 동그라미를 쳐보세요. 속으로 느끼는 감정이 아닌, 입으로 직접 소리 내어 말하는 경우에만 표시하세요.

긍정적인 감정 어휘	공통	부정적인 감정 어휘
기쁘다, 멋지다, 훌륭하다, 예쁘다, 맛있다, 감미롭다, 꿈같다, 감동이다, 뭉클하다, 횡재했다, 감사하다, 고맙다, 든든하다, 행복하다, 홀가분하다, 편안하다, 재미있다, 설렌다, 사랑스럽다, 반갑다, 자랑스럽다, 신난다, 만족스럽다, 아름답다, 유쾌하다, 즐겁다, 뛰어나다, 굉장하다, 싱그럽다, 달콤하다, 소중하다, 다행이다, 기대된다, 뿌듯하다, 평화롭다, 친근하다, 충만하다, 상쾌하다, 황홀하다, 다정하다, 짜릿하다, 통쾌하다, 흐뭇하다, 자유롭다, 흡족하다, 귀엽다	대단하다, 우습다, 흥분된다, 소름 끼친다, 놀랐다	속상하다, 슬프다, 황당하다, 외롭다, 무례하다, 당황스럽다, 짜증 난다, 더럽다, 걱정된다, 두렵다, 무섭다, 불안하다, 혼란스럽다, 긴장된다, 답답하다, 지긋지긋하다, 밉다, 분하다, 억울하다, 곤란하다, 불편하다, 귀찮다, 어색하다, 지루하다, 부담스럽다, 괴롭다, 막막하다, 서럽다, 우울하다, 허전하다, 후회된다, 안타깝다, 실망스럽다, 성가시다, 지쳤다, 어리둥절하다, 난처하다, 의심스럽다, 부끄럽다, 굴욕적이다, 쓸쓸하다, 열받는다

→ 그 밖에 후보

가련하다, 가소롭다, 가엾다, 감개무량하다, 개탄하다, 거북하다, 격분하다, 겸연쩍다, 경외하다, 꺼림직하다, 께름직하다, 낯부끄럽다, 낭패스럽다, 노발대발하다, 노심초사하다, 고깝다, 고무되다, 공허하다, 괘씸하다, 구슬프다, 권태롭다, 그립다, 기겁하다, 뜨악하다, 망연자실하다, 달갑다, 공경하다, 딱하다, 분개하다, 비참하다, 사무치다, 멋쩍다, 발끈하다, 숙연하다, 상심하다, 심드렁하다, 아연실색하다, 암담하다, 애끓다, 애석하다, 애잔하다, 원통하다, 연모하다, 우쭐하다, 의기소침하다, 적적하다, 조마조마하다, 질겁하다, 찡하다, 처량하다, 친애하다, 켕기다, 황송하다, 흠모하다, 흥미진진하다

대박과 헐은 참으로 위대한 단어입니다. 기쁠 때도 슬플 때도 화가 날 때도 착 달라붙는 유용한 감탄사죠. 하지만 다채로운 감정을 뭉뚱그려 표현하는 시간이 쌓일수록 퇴보하는 것은 어휘력뿐만이 아닙니다. 내 감정을 알아차리는 능력 자체가 둔해집니다. 언어로 생각하기 때문입니다. '황홀하다'와 '설렌다'를 대박으로 퉁치는 순간, 2개의 감정은 하나로 쪼그라듭니다. 다양한 감정을 누리는 기쁨을 잃게 됩니다. 또 모든 유행어에는 유통기한이 있죠. 대박이나 헐도 언젠가는 '방가방가'나 '허걱'처럼 사라질 겁니다. 그때는 어떤 단어로 내 기분을 표현해야 할까요.

나의 하루하루가 말라비틀어진 식빵처럼 무미건조하다면 빈약한 어휘력 탓인지도 모릅니다. 꼭 맞는 어휘로 내 감정과 생각을 정확하게 표현하는 소통의 희열을 누려보세요.

PT 1회 차 어휘력이 뛰어나면 무엇이 좋을까

- OT 3교시

사람은 태어나는 순간부터 배웁니다. 장난감을 내동댕이치면 혼이 나고, 밥을 차릴 때 수저를 놓으면 칭찬을 받는다는 사실을 알게 되죠. 친구를 사귈 때는 이름부터 묻기, 버스를 탈 때는 줄을 서고 도서관에서는 소리 죽여 말하는 것을 언제 누구로부터 배웠는지는 모르지만, 나이에 걸맞은 행동을 자연스럽게 익힙니다.

어휘력은 조금 다릅니다. 물론, 의사소통에 필요한 최소한의 어휘력은 살면서 저절로 습득하지만 고급 어휘는 의식적인 노력 없이 얻기 힘듭니다. 노력이란 언제나 힘든 것이라 스스로 가치를 느끼지 않으면 구태여 하지 않습니다. 어휘력이 조금 부족하다고 생존에 큰 지장도 없습니다. 하물며 언어가 통하지 않는 외국에서도 밥, 물, 화장실 같은 기본적인 단어만 알면 인간으로서 최소한의 존엄은 지킬 수 있잖아요. 바쁘디바쁜 현대 사회, 서로 말만 통하면 되는 거 아닌가요.

그럼에도 어휘력을 키우고 싶은 욕망이 들끓고 있습니다. 그것이 내 인생을 더 즐겁고 풍요롭게 만든다는 것, 가치를 알기 때문입니다. 어휘력을 키우면 구체적으로 무엇이 좋을까요.

1. 나의 감정이나 생각을 정확하게 파악하고 전달할 수 있다

나의 감정이나 생각이 상대에게 제대로 전달되지 않아 답답한 적 있나요? 이상하게 내 마음인데 나도 잘 모르겠고, 어떻게 표현해야 할지 막막하기도 합니다. 어휘력은 생각 도구입니다. 내가 느끼는 감정이나 머릿속에 떠다니는 생각이 구체적으로 무엇인지 살펴보는 확대경이죠. 어휘력이 빈약하면 겨우 두 배 줌(zoom)이나 되겠지만 어휘력이 풍부하면 현미경 급으로 세세하게 살펴볼 수 있습니다. 성능이 뛰어난 도구가 있으면 흐릿한 감정과 생각의 실체를 확대해 제대로 관찰할 수 있습니다. 가장 좋은 점은 본인이 답답하지 않은 거죠. 원하는 대로 표현하지 못하는 괴로움이 줄 테니까요. 말을 아직 못하는 어린아이를 떠올려보세요. 기저귀에 오줌을 싸서 찝찝한데 엄마는 자꾸 젖병을 물려주니 답답해서 울잖아요.

2. 자신감이 생기고 인간관계가 좋아진다

정확한 어휘를 사용하면 의사소통 능력이 향상됩니다. 친구에게나 일터에서 본의 아닌 말실수로 무례를 저지르는 일, 불통으로 생기는 갈등이 줄어드니 인간관계도 원만해집니다. 언어 예절을 갖추면 상대는 존중받는 기분이 들 테니까요. 누구나 미련하고 눈치 없는 사람보다는 교양이 있고 총명한 사람을 곁에 두고 싶어 합니다. 인간의 본능이 그렇습니다. 나에게 이로운 방향으로 마음이 기우는 것이죠. 어휘력이 풍부하면 타인과 대화할 때 더 다양한 주제로, 생동감 있게 표현할 수 있습니다. 함께하고 싶은 매력적인 사람이 됩니다. 그러니 사람을 대할 때 자신감도 생깁니다.

3. 경험과 지식의 폭이 넓어진다

어휘력은 지식을 확장하는 도구이자 지식 그 자체입니다. 단어를 안다는 것은 개념을 안다는 뜻이기도 합니다. 한창 '사흘'과 '심심한 사과' 등의 해프닝으로 성인 문해력 논란이 일었을 때 온라인상에서 이런 댓글을 읽은 적이 있습니다. "오호, '문해력'이라는 말이 있었군요. 이번에 처음 알았습니다." 이런 경우, 문해력이란 단어만 모르는 게 아니라 그 개념 자체를 몰랐던 거죠. 문해력의 개념을 아는 사람은 읽고 쓰는 것의 중요성, 문해력을 향상하는 방법에 평소 관심을 가질 수 있지만, 문해력이라는 개념을 처음 들어본 사람은 그러지 못합니다. 지식을 넓히고 성장할 기회를 얻지 못합니다.

어휘력은 학습 능력에도 영향을 미칩니다. 어휘력이 뛰어날수록, 새로운 정보를 빠르게 이해하고 적극적으로 습득할 수 있습니다. 국립국어원이 진행한 한 조사에 따르면, '신문과 텔레비전에서 나오는 말의 의미를 몰라 곤란했던 경험이 있느냐'라는 질문에 36.3%가 '자주 있다'라고 답변했습니다. 어휘력이 부족하면 각종 매체에서 정보를 접해도 내 지식으로 만들기 어렵습니다.

신문 · 텔레비전에서 나오는 말의 의미를 몰라서 곤란했던 경험(단위: %)

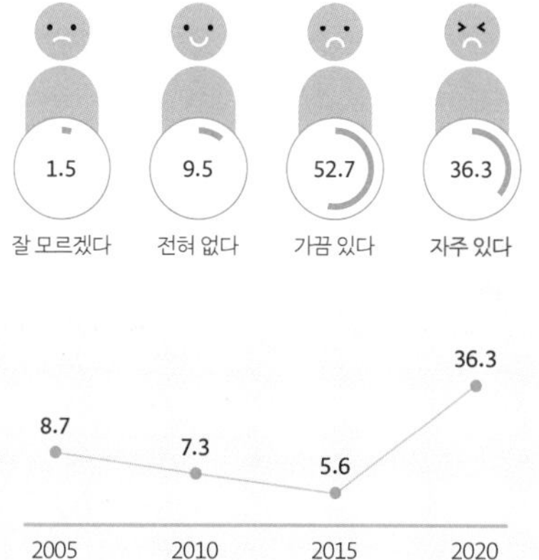

• 출처: 국립국어원의 2020년 국민의 언어 의식 조사(만 20~69세 남녀 5,000명 대상)

4. 원하는 직업을 구하기 유리하고 업무 능률이 오른다

인생에는 경로를 결정하는 중요한 순간들이 존재합니다. 대학 입시나 직장 면접이 그러할 텐데요. 어휘력이 부족하면 자신의 능력을 제대로 표현하지 못해 불이익을 겪기도 합니다. 구인구직 플랫폼 사람인이 기업 251개를 대상으로 '자기소개서 맞춤법 실수 평가'에 대해 조사했는데요(2021년). 88.4%가 '부정적으로 평가한다'라고 응답했습니다. 심지어 이들 기업 중 39.6%는 자기소개서 내용은 괜찮아도 맞춤법이 틀려서 지원자를 탈락시켰다고 밝혔습니다. 맞춤법을 자주 틀리는 행위는 단순히 글쓰기에만 영향을 미치는 게 아닙니다. 꼼꼼하지 못해 평소에 다른 실수도 많이 할 것 같다는 편견마저

심어줄 수 있습니다.

어휘력이 뛰어나다면 어느 정도 글쓰기 실력은 갖추었다는 뜻입니다. 업무에 필요한 문서작업을 능숙하게 해냅니다. 말과 글로 명확하게 소통하니 두 번 세 번 일하지 않아도 돼 일의 능률도 올라가겠지요. 직장인이든 사업을 하든 일을 잘하면 보통 경제 형편도 나아집니다.

이처럼 어휘력은 독서나 글쓰기 실력에 국한된 힘이 아닙니다. 자존감, 관계, 일, 돈, 짧게는 오늘 하루, 길게는 인생 전체에 크고 작은 영향을 미칩니다. 세상을 살아가는 힘과 자신감의 원천이 됩니다. 왠지 모르게 잘 풀리는 사람이 부러웠나요? 어휘력에 주목해보세요.

PT 1회 차

고급 어휘력에 필요한 세 가지 습관

- OT 4교시

읽기, 쓰기, 말하기, 듣기. 국어책이 떠올랐다면 아마도 글밥 코치와 비슷한 세대인 것 같은데요. 호랑이가 두 발로 걷던 그 시절에는 초등학교 국어 교과서가 읽기, 말하기·듣기, 쓰기로 분권되어 있었습니다(몇 년도인지 찾아보지 말기). 모두 국어를 익히는 행위입니다.

살면서 그때만큼 어휘 공부를 열심히 한 적이 또 있을까요. 입시나 취업 준비할 때는 '다 안다고 생각하는' 국어는 뒷전이고 영어 실력을 키우는 데 집중했습니다. 사회생활을 하면서도 마찬가지예요. 어휘력에 갈증을 느끼면서도 바쁘다는 이유로 기본을 간과했습니다. 답이 나왔네요. 정석대로 가야 합니다. 어휘력을 키우려면 읽기와 쓰기, 말하기 습관을 만들어야 합니다. 공부라고 여기면 부담스러우니 습관을 들인다고 생각해보세요. 시간이 좀 걸릴 뿐, 어려운 일은 아닙니다.

1. 어휘력을 늘리는 읽기 습관

최근 들어 성인의 '어른'답지 못한 문해력 실태가 언론에 종종 불거졌습니다. 주로 단어 뜻을 몰라서 일어난 해프닝이었는데요. '설마, 그런 기본적인 뜻도 모른다고?' 화들짝 놀랄 때도 있지만 '앗, 나도 몰랐는데' 하며 속으로 뜨끔하기도 합니다. 2023년 국민독서실태조사 결과에 따르면, 성인 연간 종합 독서율은 43%로 성인 절반 이상이 1년간 책 한 권도 읽지 않는다고 합니다. 지금의 빈곤한 어휘력 실태를 적나라하게 보여줍니다.

일상적인 대화를 할 때 사용하는 단어가 다채롭지 않은 것은 당연합니다. 가정이나 회사에서 늘 같은 사람을 만나고, 대화 주제도 크게 달라지지 않으니까요. 일부러 애쓰지 않는 한 새로운 어휘를 익힐 기회가 생기지 않죠. 그런데 일상 속에서도 새로운 어휘를 만나는 방법이 있으니, 바로 독서입니다. 어휘력이 뛰어난 사람은, 매일 밥을 먹는 것처럼 매일 책을 읽습니다.

책을 읽어야 새로운 어휘를 발견합니다. 글밥 코치도 책 한 권을 읽을 때마다 새롭게 발견하는 단어가 몇 개씩은 꼭 등장합니다. 그럴 땐 반가워하며 표시를 해두고 반드시 국어사전에서 뜻을 찾아보지요. 일부러 스마트폰 잠금을 풀면 바로 보이는 홈 화면에 국어사전 앱을 깔아두었습니다. '국어사전으로 어휘 공부하는 방법'은 뒤에서 본격적으로 다루겠습니다.

• 준비물: 책, 국어사전

책은 얼마나 자주 읽으면 좋을까요? 일주일에 한 번? 일주일에 세 번? 한정을 두지 말고 매일 읽기 바랍니다. 그게 더 쉽습니다. 중간에 흐름이 끊기면 다시 펼쳐볼 마음을 불러오는 데 힘이 들거든요. 한 페이지라도 좋습니다. 거르지만 않으면 됩니다. 독서를 습관으로 만들지 않고 어휘력을 늘리겠다는 속셈은 몸에 물 안 묻히고 수영하겠다는 결심과 같습니다.

2. 어휘력을 키우는 말하기 습관

말하는 습관이라니, 좀 이상하지요? 굳이 습관으로 들이지 않아도 누구나 매일 말을 하면서 사니까요. 여기서 뜻하는 '말하기'란 의도적인 말하기입니다. 새롭게 알게 된 단어를 소리 내어 읽는 것부터 그 단어가 무슨 뜻인지 말로 설명하기, 독서 모임에 참여해 책을 두고 토론하는 일도 의도적인 말하기입니다. 무의식적으로 쏟아내는 말이 아니라, 생각이 정리되어야만 나오는 정갈한 말하기 습관을 만드는 거죠. 결국 어휘력을 키우고 싶은 이유는 세련되게, 품격 있게 대화하고 싶어서이기도 하니까요.

• 준비물: 스마트폰

내가 말하는 모습을 본 적이 있나요? 거울이 없으면 내 얼굴을 보지 못하듯 스스로 말하는 모습은 보고 들을 수 없죠. 한 가지 방법이 있는데요. 스마트폰을 활용하는 겁니다. 말하는 내 모습을 녹화해서 관찰해보세요. 어휘력이 부족해서 생기는 문제가 무엇인지 깨닫는 계기가 됩니다. 남에게서 듣는 게 아니니 부끄럽지 않고, 직접 보고 듣기 때문에 고칠 점을 확실히 알게 됩니다.

3. 어휘력을 다지는 쓰기 습관

책은 많이 읽는데 어휘력이 그다지 좋지 않다는 분이 있습니다. 읽기만 하고 쓰지 않기 때문이에요. 단백질이 풍부한 닭가슴살을 매일 먹는다고 근육이 붙지 않습니다. 운동해야죠. 책이라는 어휘력의 거름을 나를 이루는 세포로 치환하려면 '쓰기'라는 고통스러운 소화 과정이 필요합니다. 고통스럽다고 표현했는데요. 글쓰기가 업인 저 역시 글을 쓸 때마다 고통스럽긴 마찬가지입니다. 다행인 점은 고통의 강도가 10년 전에 비하면 십 분의 일도 안 된다는 것입니다. 고통의 날들이 누적되면서 글쓰기 근육이 붙었기 때문입니다.

글쓰기 근육과 어휘력 키우기가 무슨 상관이냐고요? 새롭게 발견한 어휘를 내 몸에 착 달라붙게 하려면 자꾸 글로 써봐야 합니다. 머릿속으로 개념을 아는 것과 그것을 글로 써보는 것은 천양지차입니다. 지금 막 아주 재미있는 영화를 관람하고 극장 밖으로 나왔다고 상상해보세요. 흥미진진한 서사와 심금을 울리는 배경 음악, 감독이 의도한 연출까지 어렴풋이 발견했다면 속으로 뿌듯할 겁니다. 그런데 갑자기 영화 리뷰를 쓰라는 지령이 떨어졌어요. 자신 있게 쓸 수 있을까요?

• 준비물: 종이나 노트 혹은 노트북(자신에게 가장 익숙한 쓰기 도구)

안다고 믿은 것이 진짜로 아는 것이 맞는지 확인하는 방법은 글쓰기가 유일합니다. 지식이 몸을 통과하는 과정이 필요합니다. 쓰면서 알게 되는 경우가 많습니다. 그제야 소화가 시작되거든요. '이 영화가 왜 재미있지?' 하는 물음을 시작으로 생각을 정리하는 거죠. 어휘력을 다지는 일도 이와 같은 과정을 거칩니다.

읽으면서 **어휘력**을 늘리고
말하면서 **어휘력**을 키우고
쓰면서 **어휘력**을 다집니다.

보충제

틀린 맞춤법, 또 틀리지 않는 법

맞춤법에 자신 있다고 당당하게 말하는 사람이 있을까요? 국립국어원의 〈국민의 언어 의식 조사 결과 보고서(2020년)〉에 따르면, 한글을 사용할 때 어려움을 느끼는 가장 큰 요인으로 '맞춤법과 띄어쓰기'를 꼽는다고 합니다. 나만 어려운 게 아니니 조금은 위안이 되죠. 글밥 코치도 쓸 때마다 헷갈려서 국어사전을 확인하는 맞춤법이 몇몇 있습니다. 매일같이 책을 다루는 편집자들도 예외가 아니라고 하네요.

특히 오랫동안 잘못 알고 있던 맞춤법은 뇌리에 깊이 박혀 계속 틀리기가 쉽습니다. 분명히 국어사전에서 올바른 맞춤법을 확인했는데도 다음에 같은 실수를 반복하죠. 한번 각인된 첫인상이나 고정관념을 바꾸기가 어렵듯, 잘못 인지한 맞춤법을 고치기도 까다롭습니다. 오히려 백지상태에서 시작하는 게 낫겠다 싶죠.

그렇다고 지나치게 강박관념을 가지면 '맞춤법을 틀리는 것보다 더 큰' 부작용이 생깁니다. "맞춤법 틀릴까 봐 두려워서 글쓰기가 싫어요"

라고 말하는 분도 봤으니까요. 맞춤법을 최대한 지키는 것이 좋지만 완벽하게 지키기란 현실적으로 어려우니 '최소한 이것만은 틀리지 말자' 하는 것부터 기억해두자고요. 일상에서 자주 쓰는 단어인데 많이들 틀리는 단어를 모아봤습니다. 쉽게 외우는 방법도 알려드릴게요.

틀린 말	맞는 말	쉽게 외우는 법
① 건들이다	**건드리다**	건들건들한 건 건달
② 고난이도	**고난도**	고난도 훈련에는 고난도 따른다
③ 궂이	**굳이**	'굳이'에요, Good!
④ 금새	**금세**	금으로 만든 새는 없다
⑤ 넓직한	**널찍한**	넓다(면적이 크다) ≠ 널찍하다(꽤 넓다)
⑥ 돼다	**되다**	되다는 돼지가 아니다
⑦ 되물림	**대물림**	대를 물려서 잇다
⑧ 몇일	**며칠**	며칠을 자꾸 틀려 '며칠(미칠)' 지경이다

⑨ 문안하다	**무난하다**	어려움(難)이 없다(無)
⑩ 뵈요	**봬요**	'뵈어요'를 줄여서 '봬요'
⑪ 설겆이	**설거지**	설거지하려고 일어'설 거지'?
⑫ 설레임	**설렘**	설레임은 아이스크림
⑬ 실증	**싫증**	싫어서 '싫증'
⑭ 어떻해	**어떡해**	떡이 떨어져서 어'떡'해
⑮ 어의없다	**어이없다**	어의는 임금님의 의사
⑯ 예기	**얘기**	'이야기'를 줄여서 '얘기'
⑰ 웬지	**왠지**	'왜인지'를 줄여서 '왠지'
⑱ 오랫만에	**오랜만에**	'오랜만'에 오렌지를 먹다
⑲ 일일히	**일일이**	ㅇㅇㅇ ('일일이' 초성)
⑳ 희안하다	**희한하다**	ㅎㅎㅎ ('희한하' 초성)

20개만 예시로 보여줬지만, 감을 잡았을 거예요. 자주 틀리는 맞춤법은 이처럼 '나만의 암기법'을 개발해보세요. 해당 단어를 쓸 때 잠깐 멈춰서 암기 문장을 떠올리는 거죠. 단어와 이미지를 연결해도 좋습니다. 예를 들어, '오랜만'을 자꾸 '오랫만'이라고 쓴다면 머릿속으로 '오랜만'이라는 단어에 과일 '오렌지'의 이미지를 입혀보는 거죠. 앞으로는 틀리지 않을 거예요.

확실한 방법은 글을 끝마치기 전에 검증하는 겁니다. 인터넷 검색창에 '한국어 맞춤법 검사기'라고 치면 다양한 맞춤법 검사 사이트가 나오니 취향대로 골라 쓰면 됩니다. 단어나 문장을 복사해서 붙여 넣으면 틀린 맞춤법을 고쳐줍니다. 글밥 코치는 짧은 글은 '네이버 맞춤법 검사기'를, 500자 이상 글은 '부산대 맞춤법 검사기'를 사용하는데요. 후자는 맞춤법이 틀렸을 경우, 틀린 이유와 예문 등 부가 정보를 주어서 맞춤법 공부도 됩니다.

WEEK 2~3

2장

유연성

읽기 훈련:
어휘 민감도를 높여서 읽자

PT 2회 차 생소한 단어 3등급으로 분류하기

책 읽을 때 밑줄을 긋거나 메모하는지 물어보면 '책에 따라 다르다'라는 분이 많더라고요. 이유는 크게 두 가지였습니다. 책을 아껴서 깨끗이 간직하고 싶은 마음, 혹은 읽어보고 내 입맛에 맞지 않으면 중고서점에 팔아야 하는데 책에 흔적이 있으면 받아주지 않기 때문이에요. 요즘 독서가들은 이처럼 영민합니다. 마음에 들지 않는 책은 팔아서 또 다른 책을 살 수 있으니 합리적이죠. 맞아요, 모든 책을 꼭 소장할 필요는 없습니다.

하지만 책은 지저분하게 볼수록 그 내용이 오래 기억에 남습니다. 밑줄 긋기가 내키지 않는다면 방법이 있습니다. 형광펜처럼 선을 긋는 기다란 인덱스 스티커도 나와 있고요. 책에 직접적으로 흔적을 남기지 않고 메모를 할 수 있는, 기름종이처럼 투명한 포스트잇도 있습니다. 나중에 떼어내면 말끔하죠. 책 읽는 사람은 줄고 있다는데 독서 도구들은 점점 진화하는 것 같죠?

저는 책을 읽다가 생전 처음 보는 단어가 나오면 일단 동그라미를

칩니다. 바로 지나치지 않고 잠시 머물러요. 정확한 뜻을 모르는 단어도 마찬가지예요. 뜻을 정확하게는 몰라도 글을 읽어나가는 데 큰 지장은 없습니다. 전문용어가 아닌 이상 앞뒤 문맥을 통해 어느 정도는 뜻을 유추할 수 있으니까요. 문제는, 뜻을 행여 잘못 이해했더라도 그 사실을 알 길이 없다는 점입니다.

예를 들어볼까요. 아래 문장들에서 '하릴없이'라는 단어가 생소하죠. 많은 사람이 이를 '할 일 없이'와 같은 뜻이라고 오해합니다.

• 유명한 식당이라고 해서 찾아갔는데 문이 닫혀 있었다. 하릴없이 문 열 때까지 그 앞을 서성였다.

• 며칠 밤을 지새운 그의 몰골은 하릴없는 거지였다.

→ 잘못 해석

• 유명한 식당이라고 해서 찾아갔는데 문이 닫혀 있었다. 할 일 없이 문 열 때까지 그 앞을 서성였다.

• 며칠 밤을 지새운 그의 몰골은 할 일이 없는 거지였다.

'할 일이 없다'라는 뜻으로 문장을 해석해도 말은 됩니다. 식당에 들어가지 못하니 할 일이 없을 테고, 거지는 보통 할 일이 없으니까 문장에 논리적 결함이 생기지 않죠. 그런데 '하릴없다'라는 단어는 사실 전혀 다른 뜻을 품고 있습니다.

하릴없다(형용사)

1. 달리 어떻게 할 도리가 없다.

2. 조금도 틀림이 없다.

제대로 해석하면 아래와 같은 문장이 되는 거죠.

→ 올바른 해석

- 유명한 식당이라고 해서 찾아갔는데 문이 닫혀 있었다. 하릴없이(달리 어쩔 도리가 없어) 문 열 때까지 그 앞을 서성였다.
- 며칠 밤을 지새운 그의 몰골은 하릴없는(조금도 틀림없는) 거지였다.

단어 뜻이 달라지자 문장의 뜻도 달라집니다. 이처럼 내가 유추한 뜻이 때로는 틀릴 수 있습니다. 어휘력 고수가 되고 싶은 분에게는 아쉽지 않을까요? 어휘력을 한 단계 더 끌어올리고 싶다면 스스로 짐작한 뜻이 맞았는지 틀렸는지 확인해보는 게 좋습니다.

우선 책을 읽다가 낯선 단어가 나오면 멈춰서 생각해보세요. '이 단어를 어디서 본 적이 있었나?' 형태와 뜻을 나누어서 떠올려보는 거죠. 어디서 읽었거나 들어는 봤는데 뜻이 헷갈린다면 3등급, 본 적은 있는데 뜻을 모르면 2등급, 아예 처음 보는 형태이고 뜻도 모르면 1등급. 단어에 등급을 나누고, 등급에 따라 동그라미, 세모, 엑스 등 알아보기 쉽게 표시합니다. 아니면 형광펜 색깔로 구분해도 되고요. 해당 단어와 얼마나 친밀한 상태인지 한눈에 보이니 학습 우선 순위를 정할 수 있습니다.

생소한 정도	형태	뜻	표시
1등급	처음 봄	모름	×
2등급	본 적 있음	모름	△
3등급	본 적 있음	헷갈림	○

단어 등급 표시 예문)

그녀가 불러준 주소대로 왔더니 고층 빌딩이 즐비한 도심 한복판이었다. 멀리서 말쑥하게 차려입은 한 젊은 남자가 다가왔다. 그녀의 비서라고 했다. 차가운 표정에 말과 행동에는 도림이 없었다. 석연치 않은 기분이 들었지만 그를 따라가는 수밖에 없었다.

모르는 단어가 나올 때마다 곧바로 국어사전을 확인하면 독서 흐름이 끊기고 단어 공부에도 효과적이지 않습니다. 우선은 등급별로 표시만 해두고 문맥을 통해 유추하며 계속 읽습니다.

책 한 권을 다 읽고 난 뒤(혹은 장이 끝날 때마다) 표시해두었던 어휘를 갈무리합니다. 다시 맨 앞으로 돌아가 책장을 넘기면서 동그라미, 세모, 엑스를 표시한 단어들만 추려내 단어장에 적는 거죠. 각각 어떤 뜻을 지닌 단어인지 짐작해보고 뜻을 적어보세요. 그다음에 국어사전에서 뜻을 확인합니다.

내가 모르는 단어를 만나면 국어사전을 펼치고 싶은 마음부터 들

겁니다. 학생 시절, 수학 문제집을 풀면서 맨 뒤에 해답지를 확인하고 싶어 전전긍긍했던 것처럼요. 하지만 그렇게 바로 확인을 하면 고민하는 시간이 너무 짧아서 내용을 쉽게 잊어버립니다. 책에 표시하면서 읽으면 독서를 멈추지 않아도 되고, 독서를 마친 후 따로 여유를 두고 어휘 학습을 할 수 있습니다.

등급별 독서 단어장	
학습 우선순위	
1등급	• 드팀(명사) 틈이 생기어 어긋나는 것.
2등급	• 즐비하다(형용사) 빗살처럼 줄지어 빽빽하게 늘어서 있다. • 석연하다(형용사) 의혹이나 꺼림칙한 마음이 없이 환하다.
3등급	• 말쑥하다(형용사) 1. 지저분함이 없이 말끔하고 깨끗하다. 2. 세련되고 아담하다.

책에서 발견한 생소한 어휘를 모아두는 나만의 '독서 단어장'입니다. 1~3등급 단어를 체계적으로 관리하기 좋겠죠. 1등급 단어가 2등급이 될 때까지 글을 쓸 때나 말을 할 때도 일부러 활용해봅니

다. 각 단어의 등급을 낮추는 보람을 느껴보세요. 그저 눈으로 읽고 '맞아, 이런 뜻이었지' 하고 넘어가면 아는 기분은 들겠지만, 말 그대로 기분일 뿐입니다. 정리하고 활용하는 과정을 거치면 기분은 사실이 됩니다.

오늘의 PT

다음 글에서 잘 모르는 단어를 3등급으로 나누어 표시한 후, 어떤 뜻일지 유추해서 써보자.

"방산업계에 새 시대가 도래했습니다. 이번에 새로 개발한 무기는 기실 가공할 만한 위력을 갖고 있습니다." 남루한 몰골의 한 방산 기업 대표는 사뭇 근엄한 목소리로 발표를 시작했다. 얼쯤얼쯤하다가는 경쟁업체에 기회를 빼앗긴다며 적극적으로 투자를 권유했다.

☞ **정답은 국어사전에서 확인**

PT 3회 차

'틀린 그림 찾기'처럼 차이를 탐색하기

심심풀이로 '틀린 그림 찾기(정확히는 다른 그림 찾기죠?)'를 해본 적이 있을 텐데요. 거의 흡사한 2개의 그림에서 서로 다른 부분을 찾아내는 놀이죠. 지금은 컴퓨터나 모바일 게임으로 즐기지만, 옛날에는 펜을 들고 잡지나 과자 상자에 그려진 그림을 뚫어보며 눈알이 빠지도록 찾았습니다. 그림이 복잡한 사물로 빼곡하게 채워져 있는 데다 차이도 미세해서 발견하기가 쉽지 않았는데요. 그만큼 다른 점을 찾아냈을 때 쾌감은 상당했습니다. 끝까지 정답을 보지 않고 찾아내려는 까닭도 그 쾌감을 알기 때문일 거예요.

어휘를 익힐 때도 그런 집착이 도움이 됩니다. 형태가 비슷하게 생겨서 헷갈리는 단어들이 있습니다. '결재'와 '결제', 둘 중 맞춤법에 맞는 단어는 무엇일까요? 미간을 찡그리며 고민하셨다면 죄송합니다만, 둘 다 맞습니다. 혹시 머릿속으로 '결재는 팀장님께 하고, 결제는 식당 점원에게 하지'라고 생각했다면 꽃가루라도 뿌려드리고 싶네요. 형태는 비슷하지만 쓰임이 다를 뿐입니다. 하나 더 예를 들자면, '홀몸'과 '홑몸'이 있습니다. 전자는 배우자나 형제가 없는 단신을 뜻하고, 후자는 아이를 배지 않은 몸을 뜻합니다. 그러니까 임신한 사람에게 '홑몸도 아닌데 과한 운동은 피하세요'라는 말은 잘못된 표현인 거죠.

배 속과 뱃속도 헷갈립니다. 하나는 맞춤법이 틀린 게 아니냐고요? 마찬가지로 둘 다 맞는 단어인데 쓰이는 상황이 다릅니다. 신체 부위인 배 안쪽을 뜻하면 '배 속'이 맞습니다. 배와 속을 띄어 씁니다. 한편 '자기 뱃속만 채우는 아주 이기적인 사람이야'처럼 관용적인 표현으로 쓸 때는 '뱃속'으로 표기합니다.

어휘력을 키우려면, '틀린 그림 찾기' 하듯 두 눈을 크게 뜨고 적극적으로 글을 들여다보아야 합니다. 허투루 넘기지 않고 탐색하는 거죠. 책이나 글을 읽을 때 보통 왼쪽에서 오른쪽으로, 글자를 쭉 따라가며 읽죠. 읽는 속도는 사람마다 내용의 난이도에 따라 다르겠지만 보통 실시간으로 이해합니다. 읽다가 멈추는 경우도 더러 있는데요. 보통 앞 내용과의 인과 관계가 잘 파악되지 않는다거나 집중력이 떨어졌을 때 그렇습니다.

가끔은 어휘력 훈련을 목적으로도 '일시 정지' 버튼을 눌러보기 바랍니다. 예를 들어, 책을 읽다가 '결재'라는 단어를 발견하면 잠깐 시선을 거두고 스스로 묻습니다. "'결재'와 비슷하게 생긴 단어로 '결제'가 있는데 둘은 어떻게 다른 거지?'

어휘에 갖는 호기심을 일상으로 확장해보세요. 꼭 책이 아니더라도 글자로 소통하는 순간을 포착하는 거죠. 가령, 업무 메신저 대화창에서 팀장님이 '다른 팀 업무에는 관여하지 마세요'라고 메시지를 보냈다면 '관여? 이런 상황에서는 간여가 더 어울리지 않을까' 하고 속으로 판단해보는 거죠. '관여'와 '간여' 둘 다 '어떤 일에 참여하다'라는 뜻이지만 미묘한 차이가 있는데요. 간여에는 '간섭'의 의미가 끼어 있습니다. 간섭은 직접 관계가 없는 남의 일에 끼어든다는 뜻이죠. 그러니 앞의 문장은 간여가 더 잘 어울리고, '관여'는 '이번 프로젝트에 관여한 사람만 모이세요'처럼 쓸 수 있습니다. 즉, 설명 대상과 직접적으로 관계가 있느냐 없느냐를 따져서 관계가 있으면 관여, 없으면 간여가 어울립니다.

틀린 그림을 찾아낸 후 정답을 찾아보듯, 형태가 비슷한 두 단어의 뜻을 짐작했다면 이제 각각 국어사전에서 정확한 뜻을 확인합니다. 그다음 두 단어에 차이를 만들어내는 '키워드'를 분석해보세요. 예를 들어, '선인장은 물 없이도 잘 사는 특성이 있다'라는 글을 읽었다면 이런 궁금증을 가질 수 있겠죠. '왜 특징이라고 안 쓰고, 특성이라는 단어를 썼을까?' 국어사전에서 특성을 찾아보면 일정한 사물에만 있는 특수한 성질이라고 풀이합니다. 특징은 다른 것에 비하여 특별히 눈에 뜨이는 점이라고 나오고요. 뜻풀이만으로 두 단어의 차이가 파악이 잘 안되면 예문까지 살펴봅니다. 제가 둘 사이에서 찾아낸 키워드는 '비교'입니다. 비교 대상보다 두드러진 점에 주목하면 특징이라는 단어가 어울리고, 다른 대상과의 비교보다는 본래

특성 비교 대상 X	키워드 : 비교 대상	특징 비교 대상 O

- 금속의 특성은 열과 전기를 잘 통한다는 것이다. (→ 금속 본래의 성질)
- 고양잇과 동물의 특성은 야행성이라는 점이다. (→ 고양잇과가 갖는 성질)
- 준수는 성격 특성상 일을 완벽하게 하지 않으면 잠을 자지 못한다. (→ 준수 고유의 성격)

- 그 기업의 가장 큰 특징은 조직 문화가 수평적이라는 점이다. (→ 많은 것 중 특히 조직 문화)
- 누룩으로 발효한 시골 빵은 새콤한 맛이 특징이다. (→ 다른 빵보다 새콤함)
- 그 소설의 특징은 사실적인 묘사다. (→ 여러 가지 중 묘사가 눈에 띔)

의 성질을 강조할 때는 특성을 쓰면 자연스럽습니다.

선인장 이야기가 나와서 말인데, '사막의 무더위'라는 표현은 잘못됐다는 사실을 알고 있나요? 흔히 여름의 정점을 묘사할 때도 '무더위가 시작됐다'라고 표현합니다. 그냥 더위보다는 무더위가 더 강한 느낌이 들어서일 텐데 무더위는 '매우 더움'을 뜻하지 않습니다. '물'과 '더위'가 만난 합성어로, '습도가 높아서 찌는 듯한 더위'를 가리킵니다. 그러니 사막처럼 바싹 말라 타들어가는 듯한 더위를 표현할 때는 적절치 않죠. 그럴 때는 '불볕더위'라는 단어가 어울립니다.

고급 어휘력 PT를 마치고 나면 앞으로 '무더위와 더위는 무엇이 다를까?'처럼 단어에 대한 호기심이 불쑥불쑥 올라올 거예요. 호기심을 귀찮아하지 말고 반갑게 맞이하세요. '틀린 그림 찾기'를 할 때처럼 집요하게 차이를 찾아 물고 늘어져봅니다. 힘이 들수록 '각성의 쾌감'은 커진다는 사실, 기억하세요.

괄호 속 단어 중 문맥에 더 어울리는 것에 동그라미를 친 후 각 단어의 뜻을 국어사전에서 확인해보자.

날씨가 꽤 (차가/추)웠지만 마라톤대회에 (참석/참가/참여)하기로 했다. 출발선에 섰는데 갑자기 발가락이 모기에 물린 것처럼 (간지러워서/가려워서) 참을 수 없었다. 깨금발로 러닝화를 고쳐신다가 그만 균형을 잃고 (자지러지고/자빠지고) 말았다.

- 차갑다:
- 춥다:
- 참석:
- 참가:
- 참여:
- 간지럽다:
- 가렵다:
- 자지러지다:
- 자빠지다:

PT 4회 차 모르는 단어를 아는 단어로 바꾸기

처음 가보는 장소는 어떻게 찾아가나요? 보통은 손에 쥔 스마트폰 지도 앱을 열겠죠. 목적지를 입력하면 좁은 골목길까지 상세하게 안내해주니 걱정이 없습니다. 만약 인터넷이 잘 터지지 않는다면 어떻게 해야 할까요? 길 가는 사람에게 물어봐야죠. "우리은행에서 우회전해서 가다가 CU 편의점이 나오면 길을 건너고요, 불광초등학교에서 백 미터 더 직진하세요." 이때 기준점은 생소한 곳보다는 누가 들어도 알 만한 장소가 좋습니다. 눈에 잘 띄고 기억하기도 쉬우니까요.

새로운 단어를 숙지하기가 힘들다면 이를 응용해보세요. 낯설어서 머릿속에 각인이 잘 안되는 단어가 있다면 비슷한 뜻을 지닌 '아는 단어'로 대체해서 기억하는 겁니다. 물론 정확한 뜻은 다르지만, 우선은 단어와 가까워져야 하니까요.

어느 화창한 봄날, 산책하고 돌아와 다비드 르 브르통의 《걷기예찬》을 읽고 있었습니다. '아득한 궁륭'이라는 글귀를 접하고 정신이 아득해졌던 기억이 떠오릅니다. '궁륭'이라는 단어는 살면서 처음 보았고 앞뒤 문맥을 통해 유추해보아도 무슨 뜻인지 예측하기 힘들었습니다. 결국 국어사전을 꺼냈는데요.

궁륭(명사)

활이나 무지개같이 한가운데가 높고 길게 굽은 형상. 또는 그렇게 만든 천장이나 지붕.

궁륭은 아치 형태의 천장을 가리키는 듯했습니다. 어렴풋이 이미지가 그려졌고 내가 떠올린 이미지와 실제가 얼마나 닮았을지 궁금해 인터넷에서 궁륭의 이미지를 검색해보았습니다. 유럽의 성당에서 많이 보던 천장 형태더군요. 곡선으로 이루어진 천장을 지칭하는 단어는 '돔'이나 '아치' 정도만 알았는데 책을 읽다가 우연히 새로운 건축 용어를 발견한 것이죠.

다양한 궁륭 이미지 (© Yosemite | Wiki Commons)

새로운 단어를 발견한 기쁨도 잠시, 한자어인 궁륭이 입에 잘 붙지 않아 난감했어요. 발음도 어렵고 생김새도 낯설어 분명 며칠 후면 잊어버릴 것 같았죠. 그래서 '궁륭은 돔이다(궁륭=돔)'라고 외웠습니다. 엄밀하게 말하면 돔은 궁륭의 한 종류지만 쉽게 기억할 수 있는 단어, 이미 알고 있는 단어로 머리에 입력한 것이죠. 그렇게라도 알고 있으면 나중에 해당 단어를 다시 만났을 때 낯선 느낌이 들지 않겠죠. 이제 궁륭이란 단어를 보면 저절로 돔 형상이 머리에 그려지니 제대로 각인된 듯합니다.

최근에는 '적바림'이라는 단어를 주웠습니다. 인터넷에서 책을 검색하다가 누군가 블로그에 올려둔 서평을 발견했는데 제목 말머리에 [적바림]이라고 적혀 있더라고요. 처음에는 숲 이름인 줄 알았어요. 무슨 뜻인지 찾아보았더니 '나중에 참고하기 위하여 글로 간단히 적어둠. 또는 그런 기록'을 뜻하는 순우리말이었죠. 생각지 못하게 예쁜 단어를 발견하니 횡재한 기분이 들었습니다. 머릿속에는 '적바림은 메모(적바림=메모)'라고 저장해두었습니다. 나중에 글을 쓰다가 '메모'라는 단어가 필요할 때 '적바림'을 대신 써봐야겠다고 생각하면서요. 둘 다 명사지만 적바림은 '적다(글로 쓰다)'라는 동사를 연상시켜 메모보다 더 직관적인 느낌도 듭니다.

국어사전 찾기를 습관으로 만드는 가장 쉬운 방법

모르는 단어의 뜻을 확인할 때, 인터넷 검색창에 입력하지 말고

'국어사전 앱'을 따로 다운받아 쓰세요. 그동안 검색해본 단어가 차곡차곡 기록으로 남으니 저절로 복습이 됩니다. 글밥 코치가 궁륭이라는 단어를 예시로 끌어온 것도 국어사전 앱에 검색 기록을 저장해 둔 덕분입니다.

단어 뜻을 찾을 때, 유의어나 반의어가 궁금할 때, 정확한 발음을 확인할 때도 국어사전을 펼칩니다. 어휘력을 키우고 싶다면 국어사전 찾기를 습관으로 만들어야 합니다. 잠금 화면을 풀었을 때 가장 먼저 보이는 홈 화면에 무엇이 깔려 있나요? SNS나 게임, 쇼핑 애플리케이션인가요? 눈에서 멀어지면 마음에서 멀어진다고 하죠. 다른 건 몰라도 '메모'와 '국어사전', 두 가지 앱은 잘 보이게 꺼내놓으세요.

스마트폰에 앱을 깔았더라도 화면을 여러 번 넘겨야 나오거나 폴더 깊숙이 숨어 있으면 눈에 띄지 않으니 생전 사용하지 않습니다. 심지어 앱을 깐 사실조차 잊어버리죠. 눈에 자꾸 보이면 달라요. 스마트폰을 열 때마다 존재감을 드러내는 국어사전이 눈에 밟혀 한 번이라도 더 열어볼 거예요. 그 속에는 내가 그동안 찾아보았던 단어들이 금화처럼 반짝반짝 빛나고 있죠. 얼마나 든든한지 몰라요.

다음 생소한 단어를 내가 아는 단어로 바꿔보자. 그리고 예문을 지어 보자.

- **영위하다[동사]**: 일을 꾸려나가다.

예문) 그녀는 형편이 넉넉해지자 문화생활을 영위했다.

→ 아는 단어: 누리다

→ 예문) 그녀는 형편이 넉넉해지자 문화생활을 누렸다.

- **의초로이[부사]**: 화목하여 우애가 두텁게.

예문) 형제간에 의초로이 지내야 한다.

→ 아는 단어:

→ 예문)

- **감행하다[동사]**: 과감하게 실행하다.

예문) 위험을 알면서도 감행했다.

→ 아는 단어:

→ 예문)

PT 5회 차 생소한 단어 추론하기(심화)•

글밥 코치의 전작《어른의 문해력》을 읽고 열심히 훈련했다면 기억할 텐데요. 글을 읽다가 생소한 단어를 발견하면 '바로' 국어사전을 찾아보지 말라고 했습니다. 아무리 궁금해도 우선은 해당 단어의 앞뒤 문맥을 살펴보며 내 머리로 뜻을 유추해보라고 했죠. 이번 시간에는 생소한 단어를 학습하는 방법을 보다 깊게 파고들어갑니다.

요즘은 종이책 못지않게 전자책을 읽는 분이 많습니다. 저도 이동할 때 짐이 많으면, 부피가 큰 종이책을 들고 나가는 대신 전자책으로 독서를 하는데요. 휴대가 간편한 점 외에도 장점이 있습니다. 구독 플랫폼에 들어가 읽을 책을 고르는 과정에서 읽고 싶었던 책을 발견하거나 '나중에 읽어봐야지' 했던 책을 다시금 마주치거든요.

김완 작가의《죽은 자의 집 청소》도 그중 하나였어요. 외로운 죽음을 맞이한 사람들의 빈집을 청소하는 특수청소부가 쓴 에세이인

• PT 5회 차는 글밥 코치의 책《어른의 문해력》 2장 '4회 차-앞뒤를 살펴라: 생소한 단어'의 [심화 편]입니다.

데요. 한때 언론에서 '고독사'를 조명하며 주목받기도 했죠. 제목을 발견하고 반가워서 바로 내려받아 읽어보았습니다. 모르는 사람의 삶과 죽음의 경계를 정리하면서 느끼는 저자의 사유는 묵직했습니다. 책의 또 다른 매력은 이야기를 끌고 가는 어휘가 쓸쓸한 죽음과는 어울리지 않게 아름다웠다는 점입니다. 몇 장면을 살펴볼까요?

1)
문득 내가 해저를 느리게 유영하는 심해어 같다는 생각을 합니다. 냄새의 진원지는 **실낱**같은 빛이 비치는 곳. 물고기는 어둠 속에서 그 **희붐한** 빛을 향해 천천히 헤엄쳐 가야 합니다. 모래에 감춰진 산호나 심해 곳곳에 **좌초된** 난파선의 뾰족한 잔해에 찔리지 않도록 가능한 한 느리게 나아갈 것.

2)
돈이 음식물에 뒤섞여 방바닥에 잔뜩 흩어져 있고 책상 위나 싱크대 위, 화장실을 가리지 않고 곳곳에 **에넘느레하게** 널브러져 있다.[●●]

먼저, **글 1)**을 보겠습니다. 죽은 자의 집 현관문을 열고 처음 들어가면 참기 힘든 악취가 풍긴다고 합니다. 작가는 냄새의 진원지를 추적하는 과정을 적나라하게 풀기보다는 문학적으로 에둘러 표현했

●● 《죽은 자의 집 청소》, 김완 지음, 김영사, 2020.

습니다. 그의 두렵고 조심스러운 심경이 어휘 배열에 잘 녹아 있죠. 저는 작가가 사려 깊게 조성한 심해에서 생소한 단어 3개를 뜰채로 건져 올렸습니다.

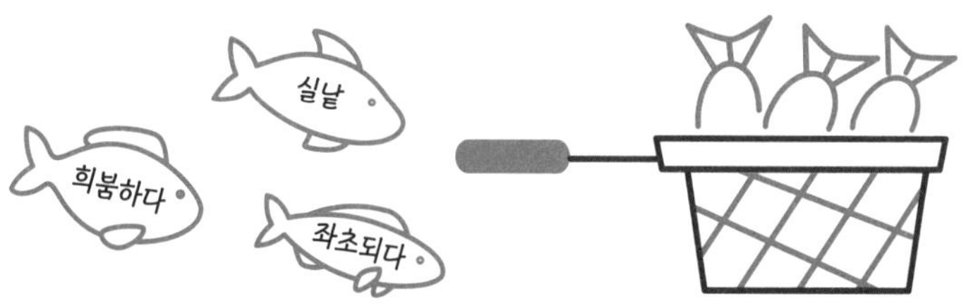

먼저, '실낱'부터 살펴볼까요. '실낱' 앞에는 '냄새의 진원지', 뒤에는 '같은 빛'이라는 단어가 놓여 있네요. 그러니까, 냄새가 나는 곳에 빛이 비치는데 그 모습이 실낱과 같다는 뜻이죠. 그다음에는 '실낱'이라는 단어를 음절별로 뜯어봅니다. 우선 첫음절 '실'은 바늘구멍에 꿰는 가느다란 섬유가 떠오르고요. '낱'은 낱알, 낱개 할 때처럼 여럿이 아닌 하나를 뜻하는 단어를 연상하게 됩니다. 결국 실낱같은 빛이란 한 가닥 실처럼 가느다랗고 연약한 모습이지 않을까 추측해봅니다.

다음 문장에 '희붐한 빛'이라는 표현이 나옵니다. 저는 '희붐하다'라는 단어를 처음 들어봤는데요. 앞서 '실낱같은 빛'을 대명사로 받아서 '그' 희붐한 빛이라고 표현하는 것으로 보아 그리 밝지는 않은 상태라고 예상됩니다. 또 하나의 단서는 '희' 자입니다. '희미하다',

'희뿌옇다'도 뚜렷하지 않은 상태를 나타내니까요.

'좌초되다'는 무슨 뜻일까요? 어떤 일이 어그러지거나 실패했을 때 '계획이 좌초되었다'라고 표현하는데요. 한자어에 익숙하다면 '좌(坐)'라는 음절에서 '앉다'라는 의미를 감지했을 겁니다. 바로 뒤에 '난파선'이라는 단어가 등장하네요. '좌초'가 된 난파선이라면 난파선의 상태를 뜻할 텐데 '초'에서 만약 '암초'를 떠올렸다면 뛰어난 직관입니다.

자, 이제 단어의 뜻을 나름대로 추측해봤으니 국어사전에서 정확한 의미를 확인해볼까요?

- **실낱(명사):** 실의 올.
- **올(명사):** 실이나 줄의 가닥.
- **희붐하다(형용사):** 날이 새려고 빛이 희미하게 돌아 약간 밝은 듯하다.
- **좌초되다(동사):** 1. 배가 암초에 얹히게 되다, 2. (비유적으로) 곤경에 빠지게 되다.

다행히 국어사전 풀이도 추측했던 뜻과 크게 다르지 않았습니다.

문제는 **글 2)**에 등장하는 '에넘느레'처럼 단어 형태만 가지고는 좀처럼 추측하기 어려운 때입니다. 하지만 이 또한 앞뒤에 있는 단어들과 문맥을 통해서 대충은 감을 잡을 수 있습니다. '뒤섞이다', '흩어지다', '곳곳에', '널브러져 있다'가 그 힌트가 되겠죠. 무질서하고 너저분한 이미지가 그려지니까요.

에넘느레하다(형용사)

종이나 헝겊 따위가 여기저기 함부로 늘어져 있어 어수선하다. (*유의어: 너저분하다, 어수선하다)

이번 시간 요약! 앞으로 생소한 단어를 발견하면 이렇게 하세요.

- 단어를 음절별로 뜯어본다.
- 단어에 붙은 대명사가 꾸미는 단어를 살핀다.
- 한자음이 가진 뜻들을 떠올려본다.
- 해당 단어의 앞뒤 단어를 살핀다 → 해당 단어가 있는 문장을 살핀다 → 해당 단어가 있는 문장의 앞뒤 문장까지 살펴 맥락을 파악한다.

앞에서 요약한 방법대로 밑줄 친 생소한 단어의 뜻을 추론해보자.

- 아무리 궁지에 몰려도 그렇지, 사람이 졸렬하기가 그지없다. **[졸렬하다]**
- 광막한 사막에 생명체라고는 개미 한 마리 보이지 않아 더 쓸쓸했다. **[광막하다]**
- 그날 밤, 외할머니는 물레를 돌려 명주실을 잣고 계셨다. **[잣다]**
- 앞으로 생성형 AI에 적응하지 못하면 시장에서 도태되는 건 시간문제다. **[도태]**
- 그 문제는 학자들이 오랫동안 천착했음에도 여전히 풀리지 않고 있다. **[천착]**

졸렬하다:

광막하다:

잣다:

도태:

천착:

☞ 정답은 국어사전에서 확인

PT 6회 차

안정적인 어휘력에 필요한 최소한의 한자

학교라는 울타리에서 막 벗어난 사회초년생 시절을 기억하나요? 나이는 어른이지만 일할 때도, 사람을 대할 때도 실수가 잦고 서투르죠. 잘 모르는 것이 생겨도 물어봐도 괜찮을지 괜히 눈치를 보게 됩니다. 누구나 겪는 통과의례라고는 하지만 여기에 어휘력이라는 또 다른 짐까지 얹어지면 얼마나 힘에 부칠까요. 한 사회초년생이 익명 게시판에 올린 사연을 읽었는데요. 내용인즉 상사들이 하는 말을 못 알아듣겠다고, 회사에서 자주 쓰는 용어를 알려달라는 것이었습니다. 그가 어려워하는 단어는 '공란', '구두', '납기'와 같은 주로 한자어였어요. 한자어가 익숙한 세대에게는 어려운 단어가 아니지만 그렇지 않은 이에게는 외국어처럼 느껴지기도 합니다.

요즘은 예전만큼 일상에서 한자어를 잘 쓰지 않을뿐더러 학교에서도 한문 교과과정을 축소했습니다. 한자어를 자주 접하지 않은 세대가 사회에 나와 한자어를 쓰는 세대와 함께 일하게 되면서 곤란을 겪는 것이죠. 관공서에서도 국민과 원활한 소통을 위해 어려운 한자어를 쉬운 단어로 바꿔나가는 마당에 일터에서 불통이 생기다니 안

타까운 노릇입니다.

쉬운 단어를 두고 굳이 어려운 한자어만 골라 쓰는 것에는 반대하지만, 어휘력에 갈증을 느끼고 호기심이 생겨 한자어를 익히는 것은 찬성입니다. 비단 어휘 학습에 한정된 이야기가 아닙니다. 세상은 앞으로도 빠르게 변할 테고 우리는 적응하며 살아가야 하기 때문입니다. 어려워하는 부분을 스스로 해결하려고 공부하는 자세는 훌륭하고 아름답습니다.

문서작업과 이메일을 자주 쓰는 직군이라면 다음 한자어 정도는 기억해두면 편합니다.

공란에 부서 이름을 적어주세요.	공란 = 빈칸
서면이 아닌 구두로 설명해주세요.	구두 = 말
금번 계약 건은 어떻게 됐나요?	금번 = 이번
금일 6시에 온라인 접수가 마감됩니다.	금일 = 오늘
금주의 초특가 할인	금주 = 이번 주
장부에 모두 기입했어요.	기입 = 적어 넣음
납기를 꼭 맞춰주세요.	납기 = 시기, 마감
2시 이후 주문 건은 명일 발송	명일 = 내일

위에서 반려 메일이 왔어요.	반려 = 제출한 문서를 처리하지 않고 되돌려줌
해당 자료는 불출 금지입니다.	불출 = 내어줌
상기 확인하시고 서명 부탁합니다.	상기 = 위의 내용
메일로 송부합니다.	송부 = 보내다
내용 양지 후 회의에 참석하시기 바랍니다.	양지 = 인지
익일 특급 배송 가능	익일 = 다음 날
작일 호우주의보로 행사가 취소됐습니다.	작일 = 어제
워크숍은 차주로 연기되었습니다.	차주/내주 = 다음 주
프로그램 순서는 하기에 따라 진행됩니다.	하기 = 아래 내용

기억해두면 편한 업무 한자어

단어의 뜻은 알아두되, 가능한 한 순화한 단어를 사용하는 것이 좋겠죠. 한자어는 글의 해독을 어렵게 하고 딱딱한 느낌을 주니까요. 국립국어원에 따르면 우리말의 57% 이상이 한자어라고 하니, 피하고 싶다고 피할 수 있는 비중은 아닙니다. 고전뿐만 아니라 90년대 소설만 해도 한자어가 꽤 등장합니다. 그런 연유로 글을 쓸 때는 한자어 남발을 피하지만 읽기의 수월함을 위해 한자 공부하기를 추천합니다.

교육부 지정 '한문 교육용 기초 한자 1,800자' 목록이 있는데요. 한자능력검정시험 3급(1,817자) 수준의 한자 양이죠. 이 목록에 나오는 한자만 알아도 한자어로 된 단어들의 뜻을 유추하는 데 큰 무리가 없을 겁니다. 하지만 1,800이라는 숫자는 부담스럽죠. 이럴 때는 '급한 불'부터 끕니다. 가장 많은 뜻을 지닌 것부터 알아두는 겁니다. 여러 가지 뜻을 가진 한자음이라면 그만큼 다양하게 쓰일 테니 글을 읽다가 마주칠 확률도 높을 테니까요.

목록에서 가장 많은 뜻을 가진 한자음 10개는 사-수-기-구-도-상-경-유-장-정 순입니다. 그러니까, 글을 읽다가 모르는 단어가 나왔을 경우 방금 소개한 10개의 음절이 포함되어 있다면 한자어일 확률이 있구나, 의심해보세요.

다의어	1위	2위	3위	4~6위(공동)			7~10위(공동)				합계
한자음	사	수	기	구	도	상	경	유	장	정	
개수	32	27	25	20	20	20	19	19	19	19	220

총 220개. 많이 줄었지만 적지는 않습니다. 그중 중학교용 한자 900자에 속한 것들만 추려봤는데요. 성인이 알아야 할 최소한의 한자라고 생각해도 좋습니다. 106개 정도면 외워볼 만하지 않은가요? 이것이 할 만하다면 고등학교용 900자까지 알아두자고요. 한자어 때문에 당황하는 일이 많이 줄어들 겁니다.

한자음	한문 교육용 기초 한자 중학교용 900자 중	개수
사	• 四 (넉 사) • 巳 (뱀 사) • 士 (선비 사) • 仕 (벼슬할 사) • 寺 (절 사) • 史 (역사 사) • 使 (시킬 사) • 舍 (집 사) • 射 (쏠 사) • 謝 (사례할 사) • 師 (스승 사) • 死 (죽을 사) • 私 (사사로울 사) • 絲 (실 사) • 思 (생각할 사) • 事 (일 사)	16
수	• 水 (물 수) • 手 (손 수) • 受 (받을 수) • 授 (줄 수) • 首 (머리 수) • 守 (지킬 수) • 收 (거둘 수) • 誰 (누구 수) • 須 (모름지기 수) • 雖 (비록 수) • 愁 (시름 수) • 樹 (나무 수) • 壽 (목숨 수) • 數 (셀 수) • 修 (닦을 수) • 秀 (빼어날 수)	16
기	• 己 (몸 기) • 記 (기록할 기) • 起 (일어날 기) • 其 (그 기) • 期 (기약할 기) • 基 (터 기) • 氣 (기운 기) • 技 (재주 기) • 幾 (기미 기) • 旣 (이미 기)	10
구	• 九 (아홉 구) • 口 (입 구) • 求 (구할 구) • 救 (건질 구) • 究 (궁구할 구) • 久 (오랠 구) • 句 (글귀 구) • 舊 (예 구)	8
도	• 刀 (칼 도) • 到 (이를 도) • 度 (법도 도) • 道 (길 도) • 島 (섬 도) • 徒 (무리 도) • 都 (도읍 도) • 圖 (그림 도)	8
상	• 上 (위 상) • 尙 (오히려 상) • 常 (항상 상) • 賞 (상줄 상) • 商 (장사 상) • 相 (서로 상) • 霜 (서리 상) • 想 (생각할 상) • 傷 (상처 상) • 喪 (죽을 상)	10
경	• 京 (서울 경) • 景 (볕 경) • 輕 (가벼울 경) • 經 (경서 경) • 庚 (일곱째 천간 경) • 耕 (밭을 갈 경) • 敬 (공경할 경) • 驚 (놀랄 경) • 慶 (경사 경) • 競 (겨룰 경)	10
유	• 由 (말미암을 유) • 油 (기름 유) • 酉 (닭 유) • 有 (있을 유) • 猶 (오히려 유) • 唯 (오직 유) • 遊 (놀 유) • 柔 (부드러울 유) • 遺 (끼칠 유) • 幼 (어릴 유)	10
장	• 長 (길 장) • 章 (글 장) • 場 (마당 장) • 將 (장차 장) • 壯 (씩씩할 장)	5

정	• 丁 (넷째 천간 정) • 停 (머무를 정) • 頂 (정수리 정) • 井 (우물 정) • 正 (바를 정) • 政 (정사 정) • 定 (정할 정) • 貞 (곧을 정) • 精 (정할 정) • 情 (뜻 정) • 靜 (고요할 정) • 淨 (깨끗할 정) • 庭 (뜰 정)	13

* 한자 출처: 교육부

여러 가지 뜻을 지닌 대표 한자음

얼추 눈에 익었다면 연습해볼까요? 아래 문장에서 한자음 사, 수, 기, 경이 들어가는 난어의 뜻을 짐작해보세요. 물론, 앞의 목록을 슬쩍 참고해도 괜찮습니다.

- 그 사람은 미술품 테러를 사주했다는 의혹을 받고 있다.
- 비가 오기 전에 삽수 작업을 마무리했다.
- 우크라이나는 빼앗긴 국토 수복을 강조하며 강력히 반대했다.
- 이번에 출전한 병사는 검기가 출중하다.
- 장례식장에서 경망한 언행은 삼가자.

문장을 통해 어느 정도 단어의 뜻을 추측할 수 있죠. 더불어 단어에 들어간 한자음이 지닌 뜻을 여러 개 떠올릴 수 있다면 의미를 파악하는 데 더욱 도움이 됩니다.

한자어 뜻

- 시킬 **사**(使), 부추길 **주**(嗾): 남을 부추겨 좋지 않은 일을 시킴.

- 꽂을 **삽**(揷), 나무 **수**(樹): 식물의 가지, 잎을 잘라 흙 속에 꽂아 뿌리 내리게 하는 일.
- 거둘 **수**(收), 돌아올 **복**(復): 잃었던 땅이나 권리 따위를 되찾음.
- 칼 **검**(劍), 재주 **기**(技): 검을 잘 부리어 쓰는 솜씨.
- 가벼울 **경**(輕), 허망할 **망**(妄): 행동이나 말이 가볍고 조심성이 없음.

'여러 가지 뜻을 지닌 대표 한자음'을 외워두면 책을 읽다가 모르는 단어가 나왔을 때 뜻을 유추하기가 훨씬 수월할 겁니다. 그동안 '맨땅에 헤딩'을 했다면, 안전한 헬멧이 생기는 셈이죠.

'여러 가지 뜻을 지닌 대표 한자음' 목록을 참고해 밑줄 친 한자어의 뜻을 추측해보자.

- 화면이 아닌 현장에서 관람하니 <u>유화</u>의 거친 질감이 제대로 느껴졌다.
- 문학작품 <u>기저</u>에 깔린 사회적 배경을 먼저 알아야 한다.
- 갑작스러운 사고로 가족을 잃은 유족이 <u>수골실</u>에서 오열하고 있었다.

☞ **정답은 국어사전에서 확인**

PT 7회 차

개성 넘치는 사투리 수집하기

유튜브라는 블랙홀 속에서 오래전 영상이 발굴되는 일이 왕왕 있습니다. 배꼽티를 입고 당당한 목소리로 인터뷰하는 X세대의 말투가 새삼 화제가 됐는데요. 특히 1990년대를 경험하지 않은 젊은 세대는 지금의 서울말과는 어딘지 다른 그들의 독특한 억양을 '서울 사투리'라고 칭하며 재미있어했습니다.

알다시피 표준어의 정의는 '교양 있는 사람들이 두루 쓰는 현대 서울말'입니다. 그러다 보니 마치 사투리•는 교양이 없는 사람들의 말인 것처럼 오해를 사기도 합니다. '표준'이란, 사회적 합의로 이루어낸 통일된 기준을 말합니다. 예를 들어, 우리나라에서는 전자제품을 사용할 때 220V의 둥근형 플러그가 표준이죠. 개개인의 키에 어울리는 몸무게를 표준체중이라고 부릅니다. 표준어는 표준으로 정한 언어로서 일관성을 부여합니다. 국내외 의사소통할 때, 정부나 법률 문서 등 공식적인 글을 작성할 때 지역마다 다른 언어를 쓴다

• 엄밀하게는 방언과 사투리를 구별하지만 여기서는 불필요해 '사투리'로 통일한다.

고 생각해보세요. 소통이 정확하게 되지 않아 혼란스럽겠죠. 표준어와 사투리는 우열 관계가 아닙니다. 표준어는 실용을 위해 필요합니다.

지역 고유의 문화와 정서가 고스란히 스민 언어, 사투리가 소멸하고 있다는 안타까운 소식*을 듣습니다. 수도권 인구 집중 현상이 지속되면서 작은 지방 도시가 사라지니 언어도 따라가게 되었죠. 사투리를 쓰던 사람들도 수도권으로 이주해 오래 머물면서 자연스럽게 잘 쓰지 않게 됩니다. 촌스럽다는 편견 때문에 일부러 고치기도 하고요.

저는 사투리가 주는 향토적인 매력과 개성을 좋아합니다. 그 맛은 특유의 억양이나 종결어미(-니더, -대예, -어라, -겄네, -랑께, -어유 등)에만 존재하는 것이 아닙니다. 똑같은 뜻을 지닌 단어도 많게는 수십, 수백 가지로 다르게 불린다는 사실을 알고 있나요? 예를 들어, '고양이'는 그 귀여움의 크기만큼이나 다양한 사투리가 존재하는데요. 지역에 따라 고냉이, 고앵이, 고야이, 구이, 앵개미, 애옹구, 귀윙이, 살징이, 살키, 에웅이, 고내히, 괭이 등으로 부릅니다. 이름이 많기로는 '옥수수'도 지지 않습니다. 옥시기, 옥수깽이, 옥수꾸, 강냉이, 깡냉

* 국립국어원에서 실시한 '2022년 국어 사용 실태 조사'에 따르면, 표준어를 사용한다는 의견은 2020년 56.7%로 2005년 47.6%에 비해 9.1%포인트 증가했다. 반면 경상 방언을 사용한다는 의견은 같은 기간 27.9%에서 22.5%로 5.4%포인트 줄었다.

이, 강낭수끼, 강낭대죽……. 그 외에도 어감이 재미있는 지역 사투리가 이렇게나 많습니다.

어감이 재미있는 사투리

- **깨보생이**(강원): 깨소금
- **껄떼기**(충청): 딸꾹질
- **놈삐**(제주): 무
- **몬네몬네허다**(전라): 기회를 엿보다
- **미얄스럽다**(전라): 얄밉다
- **이바구**(경상): 이야기
- **잔석더리**(경상): 자질구레한 살림
- **쩨삣하다**(경상): 뾰쪽하다
- **깔롱지다**(경상): 멋지다
- **호꼼**(제주): 조금

보통은 자신이 사는 지역을 크게 벗어나 살지 않기 때문에 주로 영상매체나 문학 속에서 타 지역 사투리를 접합니다. 특히 소설 속 등장인물의 사투리 대화는 생생하고 사실적인 느낌을 줍니다. 표준어가 아니니까 굳이 알아둘 필요 없을까요? 저는 그런 단어일수록 귀하게 여기고 단어장에 기록해 수집해둡니다. 다음에 우연히 다시 만날 수도 있고요. 예전에 책에서 읽었던 사투리를 또 다른 책에서 발견했을 때 얼마나 반가운지, 꼭 체험해보기 바랍니다.

앙투안 드 생텍쥐페리의 《어린 왕자》(1943)는 누구나 한 번쯤 읽어보았을 텐데요. 단순한 진리로 깊은 울림을 주는 명작이죠. 전 세계 570개가 넘는 언어와 방언으로 번역되었다고 합니다. 우리나라에는 표준어 번역 외에도 경상도와 전라도, 제주도 사투리 버전이 있다는 사실!

> "잘 가." 여우가 말했다. "내 비밀을 말해줄게. 아주 단순한 거야. 우리는 마음으로 보아야만 잘 볼 수 있어. 중요한 것은 눈에 보이지 않아."

관계 맺기에 서투른 어린 왕자에게 여우는 '장미가 있는 너의 행성으로 돌아가'라며 조언을 합니다. 이를 사투리로 각색한 내용을 소리 내어 읽어보세요.

① 경상도 사투리로 재해석

"잘 가그래이." 미구가 말해따. "내 비밀은 이기다. 아주 간단테이. 맘으로 바야 잘 빈다카는 거. 중요한 기는 눈에 비지 않는다카이." •

• 《애린 왕자》, 앙투안 드 생텍쥐페리 지음, 최현애 옮김, 이팝, 2020.

② 전라도 사투리로 재해석

"조:심히 가잉." 여:수가 말:혔어. "내 비:밀은 이거여. 겁:나게 간단헌 거다잉. 맴:으로 볼 적에만 지대로 볼 수 있는 벱이여잉. 중요헌 건 눈에 안 뵈아." ••

③ 제주도 사투리로 재해석

"잘 가." 여히가 골앗다. "나 비밀은 아주 간단허여. 모음으로 봐사만 잘 보인뎬 헌 거라. 중요헌 건 눈에 보이지 안허여." •••

전혀 다른 이야기처럼 신선하죠. 전라도 사투리는 특유의 장단음 표기(:)까지 넣어 현장감을 더욱 살렸습니다. 소리 내어 읽다 보면 마치 그 지역에 와 있는 것처럼 느껴집니다. 여우를 '미구', '여수', '여히'라고도 부른다는 새로운 어휘 지식까지 얻습니다.

어휘력을 키우는 데 표준어만 고집할 필요 없습니다. 각 지역의 특성이 담긴 사투리도 거리낌 없이 수집하세요. 납작했던 어휘 세계에 3차원 입체감이 생길 테니까요.

오늘도 어휘력 PT를 하느라 고생하셨으니 고급 정보를 하나 공

•• 《에린 왕자》, 앙투안 드 생텍쥐페리 지음, 심재홍 옮김, 이팝, 2021.

••• 《두린왕자》, 앙투안 드 생텍쥐페리 지음, 이광진 옮김, 일삼공일프렌즈, 2022.

유합니다. 제주가 고향인 지인에게 들었는데요. 제주의 지역 음식인 자리물회를 파는 음식점에 갔을 때, "삼춘~ 여기 자리물회 줍써!"라고 사투리로 주문해보세요. 제주에서는 성별 관계없이 이웃 어른에게 '삼촌'이라고 부르는데, 부르는 방식에 따라 관광객과 현지인을 구별해 양념을 토속적으로 할지 결정한다네요. 혹시 아나요, 서비스로 미깡(귤의 제주 방언)이라도 하나 얹어줄지.

다음 문장에 나온 사투리 뜻을 알아보자.

- [강원] 감낭그가 쫄로리 서 있다.
- [강원] 오부뎅이 가져가우.
- [충청] 대근하면 먼저 들어가.
- [충청] 우뚜리에 탑시기 묻었어, 시절아.
- [경상] 마 귤이 와이리 쌔그럽노.
- [경상] 정지서 정구지찌짐 부친다.
- [전라] 꼬라지 부린 거 본께 잠 온갑네.
- [전라] 이리 뽀짝 와바야.
- [제주] 맨도롱 홀 때 호로록 들여싸붑서.
- [제주] 게메 마씀.

정답 예)

- 감나무가 나란히 서 있다.
- 몽땅 가져가요.
- 피곤하면 먼저 들어가.
- 윗옷에 먼지 묻었어, 바보야.
- 귤이 왜 이렇게 시지.
- 부엌에서 부추전 부친다.
- 성질부리는 거 보니 졸리나 보네.
- 이리로 가까이 와봐.
- 따뜻할 때 후루룩 마셔버리세요.
- 글쎄 말입니다.

☞ 다양한 사투리 어휘가 실린 작품

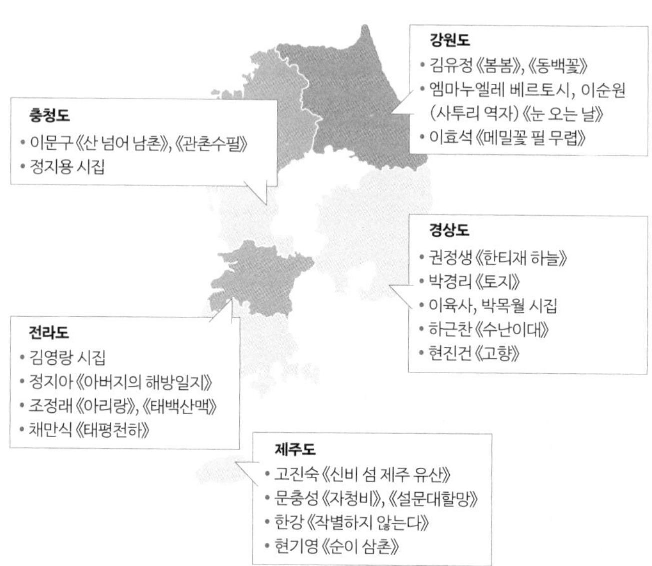

PT 8회 차

스토리텔링 단어 학습법

'몸이 10개였으면 좋겠다'라는 바람을 가져본 적이 있을 텐데요. 보통은 정신없이 바쁠 때 나의 분신들이 나타나서 일을 좀 도와줬으면 하잖아요. 저는 하고 싶은 것이 많을 때도 그런 생각을 합니다. 작가로, 글쓰기 코치로 사는 지금도 좋지만 다른 인생도 경험해보고 싶으니까요. 세계를 자유롭게 누비는 여행가, 귀여운 아이들을 키우는 엄마, 감동적인 연주를 선사하는 기타리스트의 삶도 매력적일 것 같네요.

하지만 주어진 인생은 한 번뿐이라, 원하는 삶을 모두 살아볼 수 없죠. 그래서 책을 읽고 영화를 보는가 봅니다. 몇 시간 동안이라도 나 아닌 타인의 삶을 살아보는 거죠. 흥미진진한 이야기 속에 푹 빠져 울고 웃으며 카타르시스를 느낍니다. 사람들이 이야기를 좋아하는 까닭입니다.

《사피엔스》를 쓴 역사학자 유발 하라리는 인간이 복잡한 사회 구조를 형성하고 문명을 발전시킨 원동력으로 '이야기를 지어내는 능력'을 꼽습니다. 문명을 이루는 종교, 국가, 이념, 돈 등은 보이지 않는 개념을 상상력으로 만들어낸 결과이기 때문입니다. 허구를 상상하고 믿는 것도 일종의 재능이란 말이죠.

워너브라더스를 비롯한 굵직한 영화사에서 시나리오 각색을 담당한 리사 크론 역시《스토리만이 살길》에서 이야기의 힘을 강조합니다. 사실만으로 듣는 사람을 설득하기는 부족하다며 사실에 해석을 덧붙이는 작업, 즉 스토리텔링이 필요하다고 말이죠. 여기서 '사실'을 '단어'로, '듣는 사람'을 '나'로 바꾸면 이런 문장이 탄생합니다.

• '단어'만으로 '나'를 설득하기 어렵다. 스토리텔링이 필요하다.

어휘 학습에도 스토리텔링을 적용해봅니다. 스토리텔링이란 정보나 아이디어를 이야기 형태로 전달하는 기술을 뜻합니다. 보통 문학이나 영화, 광고 등에 사용되죠. 단순히 현상을 정의하거나 설명하는 것이 아니라 특정한 시간과 장소에서 일어나는 사건으로 표현하는 방법입니다. 스토리텔링에는 등장인물과 줄거리, 갈등과 해결책 등이 필요합니다. 단어에 이러한 요소들을 덧붙이면서 나와의 연결성을 구축하는 겁니다.

예를 들어보겠습니다. 빅데이터 전문가 송길영의《시대예보: 핵개인의 시대》를 20페이지 정도 읽으면서 만난 다양한 단어들입니다. 문장과 함께 소개할게요.

- K의 **함의** 역시 고정된 것이라 보기 어렵습니다.
- 재미있고 **키치한** 인터넷 밈 영상들이
- 대중의 **선망**을 받는 유럽과 미국의 글로벌 패션 럭셔리 기업이
- 아메리카 토착민이 이미 **정주하고** 있던 공간이라
- '나라가 망했다'라는 신문기사 속 헤드라인은 마음속에 **상흔**을 남겼습니다.
- 보호와 안정의 **보루**로 민던
- **환란**의 와중에 무엇이라도 해야겠다는 일념으로
- 경제 위기를 국가의 **존망**의 문제로 인식한 것입니다.
- 많은 국가가 인재를 **갈구하고** 있습니다.•

최신 트렌드를 알아보고자 선택한 책이었는데, 평소 자주 쓰지 않는 다양한 어휘가 등장해서 단어 학습까지 덤으로 했습니다. 낯선 단어들의 뜻을 먼저 국어사전에서 확인해볼까요.

국어사전 풀이

- **함의:** 말이나 글 속에 어떠한 뜻이 들어 있음.
- **키치(독일어):** 예술적 가치가 떨어지는 작품, 저속한(대중 영합적) 작품, 감상적인 통속물.

• 《시대예보: 핵개인의 시대》, 송길영 지음, 교보문고, 2023.

- **선망:** 부러워하여 바람.
- **정주하다:** 일정한 곳에 자리를 잡고 살다.
- **상흔:** 상처를 입은 자리에 남은 흔적.
- **보루:** 지켜야 할 대상을 비유적으로 이르는 말.
- **환란:** 근심과 재앙을 통틀어 이르는 말.
- **존망:** 존속과 멸망 또는 생존과 사망을 아울러 이르는 말.
- **갈구하다:** 간절히 바라며 구하다.

이제 위의 단어들을 모두 넣어서 한 편의 이야기를 지어보겠습니다.

→ 단어로 스토리텔링

키치한 분위기의 시골 다방에서 만난 그녀는 누구나 선망할 만한 아름다운 미모를 갖고 있었다. 뉴욕에서 10년간 살다가 남편과 이혼한 후 한국에 정주하러 왔다고 했다. 민소매에 드러난 팔뚝의 흉한 상흔은 그녀의 험난했던 인생을 함의했다. 삶의 보루였던 아이마저 남편에게 빼앗겼다고 했다. 그녀는 존망이 달린 문제라며, 무슨 일이라도 좋으니 돈을 벌 곳을 구해달라고 나에게 갈구했다. 어떤 환란이 와도 자신이 모두 감당하겠다고 했다.

이런, 어두운 이미지의 단어들을 조합하다 보니 이야기 또한 음울한 내용으로 빠져버렸네요. 어쨌든 완성했습니다. 궁지에 몰린 여성의 모습이 눈앞에 훤하게 그려지는 듯하죠?

이야기를 풀어간 순서는 이렇습니다. 먼저, 후보 단어 중 하나를 선택한 후 그와 어울릴 만한 또 다른 단어들을 상상해서 첫 문장을 완성합니다. 두 번째 문장은 첫 문장을, 세 번째 문장은 두 번째 문장의 내용을 받아서 논리적으로 연결하며 이야기를 덧붙입니다. 일련의 과정에 그동안 직간접적으로 체험했던 수많은 이야기 조각들이 재료로 부상합니다. 그것들을 소설 쓰듯 요리조리 조합하다 보면 새로운 이야기가 탄생합니다.

글쓰기 모임원 한 분은 마르쿠스 아우렐리우스의 《명상록》을 읽으면서 발견한 단어를 조합해서 아래와 같이 모친의 이야기를 완성했습니다.

• **《명상록》 단어 모음**
치세, 권속, 기지, 고매한, 정념, 이합집산, 불경한, 부화뇌동, 방자한

→ 단어로 스토리텔링

엄마는 문중의 치세를 이어온 종가의 며느리로 많은 권속을 챙기며, 숱한 대소사는 물론 바깥일로 바쁜 아버지를 대신하여 농사일까지 해내야 했고, 종종 맞닥뜨리는 난감한 상황에도 기지를 발휘하여 일을 해결해야 했다. 많은 이들의 이목을 신경 써야 했던 종가 며느리의 고매한 눈가에는 그 안의 정념 따위는 억눌러야만 하는 쓸쓸함이 숨겨져 있었던 것 같다. 그것

을 한(恨)이라고 했던가. 사는 동안 사람들의 이합집산 정신없는 시절들을 지나기도 하고 불경한 사람들의 말에 부화뇌동하는 방자한 이들을 겪기도 하며 사람들 마음이 다 내 맘 같지 않아 씁쓸해하며 미싱을 돌리던 마음은……

아바매글 글쓰기 모임원 오순아

놀랍지 않나요? 전혀 관계없던 단어들을 그러모아 한 편의 이야기로 탄생시키는 과정! 스토리텔링 단어 학습법에는 어떤 장점이 있을까요.

1. 단어를 적극적으로 이해한다

단어를 하나하나 따로 학습하는 게 아니라, 이야기 속 캐릭터와 상황을 통해 종합적인 맥락을 파악하며 문장을 지으면서 익히기 때문에 복잡한 개념을 적극적으로 이해하고자 한다.

2. 단어를 오래 기억한다

이야기 속 주인공이 겪는 상황이나 감정에 공감하고, 장면이 이미지로 그려져 더 오래도록 기억에 남는다.

3. 어휘력은 물론, 문장력까지 챙긴다

한정된 단어로 앞뒤 문맥에 맞는 문장을 연달아 지어내는 과정에 논리력,

상상력이 훈련된다.

자, 스토리텔링 방식으로 단어를 학습하면 어떤 점이 좋은지 알았으니 지금 바로 훈련해볼까요?

아래 밑줄 친 단어의 뜻을 알아본 후 다섯 단어를 모두 넣어서 한 편의 이야기를 지어보자.

- 후반전에 이르자 럭비 경기는 점점 더 가열해졌다.
- 가정교육을 엄격하게 받았는지 말하는 태도가 음전했다.
- 경민의 실력은 다른 사람과 비교할 필요도 없이 돌올했다.
- 이를 쑤시다가 이쑤시개가 자끈동 부러졌다.
- 날씨가 을씨년스러운 게 비가 곧 쏟아지겠다.

보충제

요요 현상 없는 어휘력을 챙기는 습관

단기간에 놀라울 만큼 살을 빼는 분을 가끔 목격합니다. 마치 다른 사람이 된 것처럼 건강한 모습에 자신감까지 흘러넘치죠. 안타깝게도 이를 1년 넘게 유지하는 사람은 희소합니다. 십중팔구 요요 현상을 겪고 예전 모습으로 돌아갑니다. 다이어트를 하는 동안만 바짝 식단과 운동을 신경 쓰고, 다시 원래 생활 습관을 반복한 결과입니다.

잠깐의 노력은 누구나 할 수 있습니다. 이를 얼마나 꾸준히 유지하느냐가 관건인데요. 어휘력도 마찬가지입니다. 이 책을 읽고 '어휘력 PT를 받았으니 내 어휘력은 좋아졌을 거야'라며 책을 덮었다가는 요요 현상에 시달릴지도 모르니 주의하세요. 그러지 않으려면 평소에도 어휘력 챙기는 습관을 단단히 들여야 합니다. 지금 바로 점검해볼까요.

습관	질문	그렇다	아니다
읽기	주 3회 이상 책(종이책, 전자책)을 읽는다. (오디오북 제외)		
	특정 분야만 고집하지 않고 다양한 분야의 책을 읽는다.		
	모르는 단어는 국어사전에서 반드시 뜻을 찾아본다.		
	칼럼이나 웹진 등 주제가 있는 긴 글을 즐겨 읽는다.		
말하기	독서 모임에 참여 중이거나 책 이야기를 나눌 친구가 있다.		
	비속어나 줄임말, 은어를 쓰지 않으려고 노력한다.		
	내 의견을 숨기거나 얼버무리지 않고 분명하게 표현한다.		
	부정적인 말보다 긍정적인 말을 자주 한다.		
쓰기	블로그(혹은 SNS)나 노트에 주 3회 이상 글을 쓴다.		
	책을 읽으면 짧게라도 독후감(서평)을 남긴다.		
	글 쓸 때 헷갈리는 맞춤법은 꼭 찾아서 확인한다.		
	글을 쓰면 두 번 이상 퇴고한다.		

어휘력 습관 점검표

읽기, 말하기, 쓰기로 나누어서 살펴보았는데요. 각각의 습관에서 '아니다'가 2개 이상이라면 아직 어휘력을 챙기는 습관이 자리 잡혀 있지 않은 상태입니다.

어휘력이 갓 지은 따끈따끈한 밥이라면, 책은 쌀알입니다. 쌀알이 모여야 밥을 짓지요. 쌀알 한 톨이라도 흘릴까 야무지게 거둬들이는 농부처럼, 책을 자꾸 내 안에 쓸어 담아야 합니다. 일상에서 책을 가까이 하는 방법을 알려드릴게요.

1. 주말에는 도서관에 놀러 가기

글밥 코치가 가장 부러워하는 사람이 있습니다. 큰 평수에 한강 야경이 보이는 아파트에 사는 사람이 아니고요, 도서관 옆에 사는 사람입니다. 요즘 도서관은 경직되지 않고 카페테리아처럼 아늑하고 자유로운 분위기로 꾸며져 있더라고요. 전국 도서관에 강의를 다니다 보면 아파트 단지 내에 도서관이 있는 경우도 종종 봅니다(걸어서 도서관에 갈 수 있다니!). 앉아서 신문을 펼쳐 보기도 하고 아이들에게 읽어줄 그림책을 빌리는 이용객도 있지요. 생활권 안에 도서관이 있으면 아무래도 자주 찾겠죠?

집에서 가장 가까운 도서관이 어딘지 검색해보세요. 이번 주말에는 도서관으로 '놀러' 가는 거예요. 도서관에는 책만 있는 게 아닙니다. 저자 강연, 독서 모임, 필사 모임 등 읽고 쓰고 말하는 습관을 기르기 좋은 프로그램을 운영하고 있습니다. 혼자서도 놀거리가 가득한 곳이 바로 지역 도서관입니다. 여행 갈 때 맛집만 찾아보지 말고 지역 도서관을 코스로 넣어보세요. 마침 여행 일정에 좋아하는 작가의 북토크가 있을지도 모르잖아요.

2. 독서 모임에서 읽고 쓰고 말하기

책 읽는 사람이 귀하다는데, 도대체 어디에 가면 만날 수 있을까요? 저는 그 답을 알고 있습니다. 모두 독서 모임을 하고 있습니다. 글밥 코치 역시 책을 꾸준히 읽게 된 계기가 독서 모임이었습니다.

독서 모임의 가장 큰 장점은 아무리 바빠도 매일 '책을 읽게 하는 점'입니다. 그러니 완독하고 기왕이면 서평도 써야 하는, 그런 독서 모임에 참여하세요. 혼자서는 차일피일 미루지만, 독서 모임에 들어가면 책임감이 생깁니다. 모임 날짜에 맞춰 계획을 세우고 책을 읽어나갑니다. 서평을 써야 하면 좀 더 꼼꼼하게 읽게 되죠. 새로운 어휘를 발견할 가능성이 높아집니다.

독서 모임에 참여하다 보면 말하기 능력도 발전합니다. 처음에는 생각을 조리 있게 말하기 힘들 거예요. 분명 책을 읽었는데 까맣게 기억이 안 나기도 하고요. 그래도 괜찮습니다. 독서 모임 참여자 대부분 비슷한 상황입니다. 잊어버린 부분은 서로 일깨워주니 기억이 되살아납니다. 기본적으로 호의적인 분위기입니다. 독서 모임을 억지로 하는 사람은 없을 테니까요. 자발적으로, 읽고 싶은 책을 주제로 모였으니 공감대가 금방 형성됩니다. 이렇게 안전한 분위기에서 내 의견을 말해볼 기회는 흔치 않습니다. 당장 회사 회의 시간을 떠올려보세요. 꾸중을 들으면 어쩌지, 실수하면 어쩌지 하는 걱정 때문에 말을 잘하던 사람도 버벅거리게 되잖아요. 독서 모임에 참여하면 책을 읽고 어휘를 수집하며 정연하게 말하는 능력까지 키울 수 있습니다.

3. SNS로 책과 친해지기

SNS는 시간 낭비라는 말도 있지만 어떻게 활용하느냐에 따라 도리어 시간을 벌어주기도 합니다. 나에게 필요한 책을 알려주기 때문입니다. 글밥 코치는 주로 도서 리뷰를 하는 사용자들을 팔로우합니다. 요즘 어떤 책이 새로 나왔고 평가는 어떤지 대략적인 흐름을 알 수 있죠. 물론 SNS에 자주 노출된다고 좋은 책이란 뜻은 아닙니다. 광고일 수도 있고요. 그래서 저는 그럴듯하게 찍은 사진보다는 캡션 글을 주로 봅니다. 나의 관심사와 관련이 있는 책 같으면 온라인서점에 들어가서 책을 검색해 목차도 살펴봅니다. 그렇게 구매한 책은 후회한 적이 별로 없습니다. 책을 꼭 사지 않더라도 책에 자꾸 노출된다는 점이 좋습니다. '요즘은 이런 책이 인기구나', '어떤 작가가 주목을 받고 있구나' 정도만 알고 있어도 책이 나와는 관계없는 물건이 아니라 연결되어 있다는 기분이 듭니다.

독서 습관을 유지하는 인증 현황판으로도 SNS를 활용할 수 있습니다. 오늘 읽은 책 표지와 페이지, 혹은 독서 시간 등을 기록으로 남기는 거죠. 그동안 쌓아온 독서 기록을 직관적으로 보여주니 뿌듯하답니다. 독서를 계속 이어가게 하는 원동력도 되고요. 북스타그래머(책 소개나 서평 등을 주로 올리는 인스타그램 사용자)들과 함께 댓글을 달고 소통하면서 자극을 받다 보면 독서에 더욱 흥미를 갖게 됩니다.

OPEN

WEEK 4~5

3장

말하기 훈련: 평소 말투부터 제대로

PT 9회 차 혼자서도 가능! 수다력 키우기

수영을 잘하려면 아무리 물이 무서워도 들어가서 허우적거려야 하고, 글을 잘 쓰려면 아무리 지겨워도 매일 의자에 엉덩이를 붙이고 앉아 버텨야 합니다. 코로 물이 들어와도, 좀이 쑤셔도 유튜브 영상만 보면서 실력을 키울 순 없습니다.

말을 잘하려면 어떻게 해야 할까요? 자주 입 밖으로 소리를 내어서 말해야 합니다. 새로 배운 단어나 개념을 머리로 생각만 하는 게 아니라 입술로 발음해봐야 실생활에서도 자연스럽게 흘러나옵니다.

코로나19가 극심했을 때, 집에서 일하는 글밥 코치는 말을 할 일이 줄었습니다. 말은 안 해도 카톡이나 이메일 글로 사람들과 소통했기 때문에 말을 많이 하지 않는다는 의식을 하지 못했죠. 집에서 글을 쓰던 어느 날은 오후 5시쯤 전화가 와서 말문을 열었는데 깜짝 놀랐어요. 내 목소리가 어색하게 느껴졌거든요. 그제야 종일 말을 한마디도 안 했다는 사실을 알아차렸습니다.

나는 작가이기도 하지만 글쓰기 강의도 하는데, 기왕이면 정확한 어휘로 조리 있게 말하고 싶은데 말하기를 아끼지 말자는 깨달음이 들었어요. 그 후로 혼자 있어도 말을 하기 시작했어요. 강의를 준비할 때는 스마트폰 카메라를 켜서 말하는 모습을 녹화하며 연습하기도 했죠. 책을 읽을 때도 중요한 부분은 소리를 내서 읽습니다. 여러 사람이 있는 장소에서 중얼거리기는 힘들겠지만 혼자 있을 때는 눈치 볼 필요도 없죠.

수다쟁이처럼 혼자 말을 하면서 어휘력을 늘리는 '수다력' 훈련법 세 가지를 소개합니다.

1. 2분 동안 자기소개하기

입학, 진학, 취업, 이직 등 새로운 시작의 첫머리에는 늘 '자기소개'라는 관문이 버티고 있습니다. 자기소개는 혼잣말로 떠들기에 안성맞춤인 주제입니다. 나를 가장 잘 아는 사람은 나일 테고, 사람들 앞이라면 긴장할지 몰라도 혼자서는 마음도 편하니까요. 자기소개는 너무 오랜만이라 무슨 말을 해야 할지 모르겠다고요? 다음 페이지의 자기소개 내용을 참고해서 말해보세요. 1분은 너무 짧고 3분은 길게 느껴질 테니 2분으로 정합니다. 글자 수로 치면 500자 정도 됩니다. 글을 쓰는 게 아니라, 말해야 합니다. 미래를 위해 미리 준비해보는 거예요. 두근거리는 만남은 언제 어떻게 찾아올지 모르니까요.

- **자기소개 내용**

① 이름과 직업(역할) ② 성격/가치관 ③ 취미/관심사

④ 중요한 성취/경험 ⑤ 앞으로의 목표나 꿈

예) 2분 자기소개

안녕하세요, 저는 초등학생 남매를 키우는 워킹맘입니다. 저는 책과 여행을 사랑하는 사람입니다. 하루는 눈코 뜰 새 없이 바쁘지만, 매일 새벽에 일어나 30분씩 책을 읽고 있어요. 최근에는 '행복한 워킹맘으로 살기'라는 주제로 독서 모임도 시작했답니다. 여행은 저의 활력소예요. 여행을 통해 새로운 세상을 경험합니다. 이번에 아이들 여름방학 때는 제주도에서 한 달살이도 해보려고요. 벌써부터 기대가 되네요. 이런 새로운 활동들이 매일 똑같은 일상에 활력을 주어서 포기할 수 없습니다. 저는 항상 긍정적인 시선으로 세상을 보고자 노력합니다. 안 좋은 일이 생겨도 그 속에서 감사한 점을 찾으려고 노력해요. 또 새로운 분야도 머뭇거리지 않고 끊임없이 배우려고 합니다. 최근에는 업무 역량을 키우려고 온라인으로 디지털 마케팅을 배우기 시작했습니다. 아이들에게도 꿈을 향해 나아가는 엄마의 모습을 보여주고 싶고, 저 역시 계속해서 발전하고 싶기 때문입니다. 저는 '매일 성장하는 삶'을 살고 싶습니다.

2. 어휘력 끝말잇기

꼬리에 꼬리를 물고 이어가는 '끝말잇기' 놀이 아시죠? 그 자체

로도 이미 어휘력에 도움이 되지만 조금 더 난도를 높여보겠습니다. 끝말을 잇기 전에 단어를 정의하고 넘어가는 겁니다. 혼자서 끝말잇기를 하면서 해당 단어를 내 나름대로 풀이하는 건데요. 단어의 의미를 떠올리고 말로 내뱉는 과정에 내가 단어를 제대로 알고 있는지 그렇지 않은지 확인하게 됩니다. 자신 있게 정의하지 못한다면 단어를 정확히 모른다는 뜻이겠지요. 그런 단어는 따로 메모해두었다가 나중에 잊지 말고 단어장에 기록하세요. 이처럼 스스로 아는 것과 모르고 있는 것을 구별하는 메타인지는 학습의 효율을 높입니다.

예) 어휘력 끝말잇기

문해력, 문해력이란 글을 읽고 이해하는 힘이지. '문해**력**(역)' → **역**도

역도, 역도란 무게 있는 기구를 들어 올리는 운동이야. 역**도** → **도**시

도시, 도시란 현대문명이 들어선 공간으로 자연과 동떨어진 곳을 말해. 흔히 시골과 반대되는 개념으로 불리지. 도**시** → **시**장

시장, 사람들이 물건을 사고파는 장소. 요즘은 마트가 그 역할을 대신하고 있어. 동음이의어로 하나의 시를 대표하는 책임자를 뜻하기도 해. 시**장** → **장**면

장면이란, 눈앞에 보이는 어떤 상황, 광경을 뜻해……

3. 요즘 읽는 책 소개하기

내가 읽은 책을 친구에게 소개한다고 가정하고 말로 설명합니다.

독서를 마친 후에 바로 실행하면 내용을 되새기기 좋습니다. 글이 아닌 말로 짧은 독후감을 쓰는 셈이랄까요. 책을 읽어도 금방 내용을 잊어버리는 이유는 인풋만 하고 아웃풋을 하지 않기 때문입니다. 말로 하는 독후감은 책을 온전히 내 것으로 소화하고 말하기 훈련까지 되니 일거양득이죠. 글로 정리해서 쓰는 게 아닌, 실시간으로 말하기 때문에 두서가 없고 말이 엉킬 수도 있습니다. 친구와 대화할 때처럼 빠르게 말하지 않아도 됩니다. 천천히 생각하면서 적당한 어휘를 고르는 데 집중해보세요.

예) 《도둑맞은 집중력》을 읽고

《도둑맞은 집중력》은 한 가지 일에 집중하지 못하고 금방 주의력이 흩어지는 사람들이 읽으면 좋을 만한 책이야. 저자는 집중력이 떨어지는 주요 원인으로 멀티태스킹과 수면 부족, 스마트폰 중독을 들고 있어. 집중력 저하를 개인의 문제로만 보는 게 아니라 IT 기술의 발달과 자본주의 시스템이 만들었다는 거지. 예를 들어, 밤에도 온라인으로 쇼핑을 할 수 있는 환경 같은 것들. 나는 이 책을 읽고 SNS 하루 사용 시간을 30분으로 설정해놨어.

예) 《보이지 않는 질병의 왕국》을 읽고

《보이지 않는 질병의 왕국》이란 책은 원인 불명의 만성질환을 오랜 세월 앓아온 환자가 스스로 병의 원인과 극복 방법을 찾아가는 지난한 과정을 담고 있어. 책을 통해 현대의학의 한계를 깨달았고, 겉으로는 잘 드러나지 않는 만성질환자의 고통을 이해할 수 있었어. 병의 원인이 정확하지 않으니 검증되지 않은 민간요법에 매달리게 되는 현실도 안타까웠어.

물론 상대방과 교감하며 대화하면 가장 좋겠지만 이처럼 혼자서도 얼마든지 말하기 훈련을 할 수 있습니다. 평소 정확한 단어로 생각을 조리 있게 말하기가 힘들었다면 자신만의 속도로 차분히 연습해도 좋겠죠?

게다가 혼잣말에는 또 다른 긍정적인 효과가 있다고 합니다. 스스로 동기를 부여하고 능력을 발휘하는 데에 도움이 된다는데요. 예를 들어, "선영아, 넌 어휘력이 점점 좋아질 거야" 하고 소리 내어 말하면 마음속으로 결심했을 때보다 더 열심히 공부한다고 합니다. (각자 이름을 넣어 지금 소리 내어 말해볼까요?) 운동선수들은 중요한 경기에 앞서 마인드 컨트롤을 하고자 이런 다짐의 혼잣말을 하기도 하는데, 불안감을 낮춰줘 성적에도 긍정적인 영향을 준다고 합니다.

수다력 훈련 세 가지(2분 동안 자기소개하기, 어휘력 끝말잇기, 요즘 읽는 책 소개하기) **중에 하나를 골라 지금 바로 실행하자.**

PT 10회 차

정확하게 알고 말하자

어느 날 학교 앞을 지나가다가 두 학생의 대화를 엿듣게 되었습니다.

"우리나라가 카타르 월드컵에서 기적적으로 16강에 등극했던 순간이 아직도 잊히지 않아."
"맞아, 승리로 이끈 장본인은 누가 뭐라 해도 손흥민이지!"
"무슨 소리, 이강인이지."
"우리 반 아이들에게 투표해볼까? 과반수 이상이 손흥민일걸."

각자 생각하는 승리의 주역이 다른 모양이었는데요. 혹시 이 대화에서 잘못된 점을 발견했나요? 손흥민도 이강인도 아닌 황희찬이라고요? 대화의 내용을 떠나 주목해야 할 부분이 있습니다. 단어의 정확성 여부입니다. 아무래도 말은 글과는 달리 한번 뱉으면 고칠 수 없고 빠르게 휘발되니 단어의 부정확성을 깨닫기가 힘들죠.

'등극'이란 단어는 16강과 어울리지 않습니다. '챔피언 등극했다', '국제대회 정상에 등극했다'처럼 어떤 분야에서 가장 높은 자리에 올랐을 때 쓰는 말이기 때문입니다. '장본인'이라는 단어도 다시 살펴야 합니다. 흔히 어떤 일의 결정적인 역할을 한 사람을 지칭할 때 분별없이 사용하는데 어색합니다. '일을 망친 장본인이 바로 그 사람이다'처럼 부정적인 일을 저지른 사람을 가리킬 때 어울리는 단어입니다. 16강을 승리로 이끈 상황은 긍정적이니 '우승으로 이끈 주인공은~'으로 바꾸면 더 자연스럽겠죠? 마지막으로 '과반수 이상'이라는 표현 역시 틀렸습니다. 과반수를 국어사전에서 찾아보면 '절반이 넘는 수'라고 풀이가 나옵니다. 즉 '과반수 이상'이라는 말은 '절반 이상의 이상'이라는 뜻이 되어서 이상합니다. '과반수가 손흥민일걸'이라고 말해야 정확합니다.

"우리나라가 카타르 월드컵에서 기적적으로 16강에 등극했던 순간이 아직도 잊히지 않아."
→ 오른, 진출한

"맞아, 승리로 이끈 장본인은 누가 뭐라 해도 손흥민이지!"
→ 주인공, 주역

"우리 반 아이들에게 투표해볼까? 과반수 이상이 손흥민일걸."
→ 과반수, 절반 이상

'16강 등극, 승리로 이끈 장본인, 과반수 이상'이 틀린 표현이었다니 의외죠? 내용 이해에 무리가 없으니 틀렸다는 사실을 알아차릴 기회가 없었을 거예요. 틀렸다고 누가 뭐라고 하는 것도 아니고요. 그런데 말과 글은 연결되어 있다는 사실! 말할 때 쓰는 표현이 글을 쓸 때도 자연스럽게 나온답니다. 제대로 된 어휘로 말하는 습관을 들이면 정확한 글을 쓰는 데에도 보탬이 됩니다.

이 외에도 일상 속에서 뜻을 잘못 알고 쓰는 단어가 참 많습니다. 더 알아볼까요? 아래 예문에서 잘못 쓰인 단어를 찾아보세요.

- 나보다 훨씬 늦게 들어온 풋내기가 나를 위시하다니, 참기 힘든 모멸감을 느꼈다.
- 아무리 어려운 수학 문제라도 계속 번복해서 풀다 보면 익숙해질 거야.
- 옥순이는 운동을 싫어하고 가리는 음식이 많아서 그런지 성마른 체형이다.

잠깐, 생각해보지도 않고 정답부터 확인하려는 건 아니겠죠? 내 머리로 먼저 추측해보고, 나아가 틀린 이유까지 고민해봐야 합니다. 모르는 단어 뜻이 궁금해도 국어사전을 바로 펴보지 말라고 했던 까닭과 흡사합니다. 충분히 고민했다면 다음 단락으로 넘어갑니다.

그럼, 첫 번째 문장부터 살펴보겠습니다. 문장의 맥락을 파악해보면 '위시하다'를 '무시하다'와 비슷한 뜻이라고 생각한 것 같죠? 둘 다 '-시'가 들어가는 형태도 비슷하고요. 그런데 둘은 뜻이 전혀 다른 단어입니다. '위시하다'는 '여럿 중에서 어떤 대상을 첫자리 또는 대표로 삼다'라는 의미로, 가령 '팀장을 위시한 재무팀 팀원들이 모두 자리에 참석했다'처럼 씁니다. '필두로', '비롯하다'와 비슷한 뜻을 품고 있죠. '무시하다'와 비슷한 의미의 단어는 '위시하다'가 아닌 '괄시하다, 깔보다, 업신여기다' 등이 있습니다.

두 번째 문장에서는 '번복하다'라는 표현이 잘못됐습니다. 형태는 '반복하다'와 비슷하지만 '번복하다'는 '이리저리 뒤집히다'라는 뜻으로 '판정을 번복하다', '진술을 번복하다'처럼 결정한 것을 뒤집을 때 쓰는 말로 '같은 일을 되풀이하다'라는 뜻의 '반복하다'와 전혀 다른 뜻입니다. 오히려 반대 의미에 더 가깝죠. 뒤집는다는 것은 같은 일을 지속하지 않는다는 뜻이니까요.

마지막 문장에서는 '성마르다'라는 단어가 잘못 쓰였습니다. '성마르다'는 주로 성격을 묘사할 때 쓰이는 단어입니다. 참을성이 없고 조급한 모습을 보일 때 '성마른 표정을 지었다', '성마른 목소리로 말했다'처럼 사용합니다.

당연하다고 믿었던 것이 당연하지 않았음을 깨닫는 순간에는 아찔한 기분마저 듭니다. 그런 단어로는 '피로회복제'가 있습니다. 몸이 피곤할 때 약국에서 사 먹는 병 음료를 흔히 '피로회복제'라고 부르는데요. 곰곰이 생각해보면 '피로를 회복한다'라는 표현은 영 이상합니다. 피로를 없애야지, 피로를 되찾으면 안 되는 거니까요. '숙취해소제'처럼 '피로해소제'라고 불러야 정확하지 않을까요? '분리

수거'도 마찬가지입니다. 재활용 쓰레기를 분리하는 사람에게는 '분리수거를 제대로 하렴'이 아니라 '분리배출을 제대로 하렴'이라고 말해야 맞죠. 이미 관용적으로 써서 굳어지긴 했지만 정확한 의미의 단어가 버젓이 있는데 굳이 틀린 표현을 고집할 필요는 없다고 생각합니다.

다음 예문에서 부적합하게 쓰인 단어를 가려내 정확한 단어로 바꿔 보자.

- 제가 건축 쪽은 문외한이라 교수님께 자문을 구하고 싶어서요.
- 달걀을 잘못 삶았는지 껍질이 잘 안 까지네.
- 나는 김대리랑 한 살 터울이라 친구처럼 친하게 지내.

정답 예)

- 자문을 구하고 → 자문하고

  : '자문'이란 단어에 이미 '의견을 묻다'라는 뜻이 들어 있음
- 껍질 → 껍데기

  : 딱딱하면 '껍데기', 무르면 '껍질'
- 터울 → 차이

  : '터울'은 한 어머니로부터 태어난 사이에 쓰는 표현

PT 11회 차 제대로 높여서 똑똑하게 말하자

예전에는 야유회나 술자리같이 여러 사람이 보이는 자리에서 가끔 '야자타임'이라는 게임을 했는데요. 일정한 시간 동안 나이나 학번, 직급을 모두 내려놓고 반말로 대화하는 것이 규칙입니다. 용감한 누군가가 선배에게 '야'를 먼저 외칠 때까지 서로 눈치를 보는 게 게임의 묘미죠. 친목을 목적으로 시작했으나 분위기가 험상스러워지는 일도 종종 생기니 적당한 선을 지키기가 쉽지 않습니다. 이러한 놀이가 등장한 배경에는 우리말의 특징인 높임법이 있습니다.

우리나라는 사회적인 관계와 예절을 중시해 언어에도 높임법이 유독 발달했는데요. 어른을 대할 때나 격식 있는 자리에서 존댓말을 써야 한다는 상식은 어릴 때부터 몸에 배어 있습니다. 익숙함은 배움의 걸림돌이 되기도 하는데요. 당연히 잘 안다고 믿으니 의심하지 않으니까요. 이번 시간에는 높임법의 기본과 자주 틀리는 것 위주로 살펴보겠습니다.

높임법에는 주체높임법, 객체높임법, 상대높임법이 있습니다. 일

주체높임법	말하는 이가 **가리키는 대상**을 높인다. 예) 할머니께서 3시까지 집으로 돌아오라고 하셨어. (*높임 대상: 할머니)
객체높임법	동작의 **행위가 미치는 대상**을 높인다. 예) 재헌이가 직접 쓴 편지를 할아버지께 드렸다. (*높임 대상: 할아버지) 나는 선생님을 모시고 병원으로 갔다. (*높임 대상: 선생님)
상대높임법	**말 듣는 이**를 높이는 방법이다. 예) 처음 뵙겠습니다. (*격식체) 어서 와요, 만나고 싶었어요. (*비격식체)

상에서 가장 빈번하게 사용하는 높임법은 나와 마주한 대화 상대를 높이는 '상대높임법'이죠. 상대높임법은 크게 격식체와 비격식체로 나누어집니다. 격식체는 "합격자 명단을 발표하겠습니다", "이번 프로젝트 담당자 ○○○이라고 합니다"처럼 공식적인 상황에서 보통 사용하는데 '-합니다', '-하겠습니다' 형태로 마무리합니다. 건조하지만 공적이고 전문적인 느낌이 듭니다. 반면, 비격식체는 "점심은 먹었어요?", "이게 얼마 만이에요"처럼 친근하고 부드러운 느낌을 주어 공식적인 상황에서보다는 사적인 관계에 어울립니다.

자연스럽게 상대를 높이는 법

이를 무분별하게 사용하면 우스꽝스러워지는데요. 예를 들어, 학술대회에서 "토론 주제를 발표하겠습니다" 대신 "토론 주제 발표할게요"라고 한다거나 목욕탕까지 같이 간 사이에 "오늘 점심 같이 먹겠습니까?" 식으로 말한다면 학습이 덜 된 AI처럼 느껴지겠죠. 둘을 적절하게 섞어서 쓰면 자연스럽습니다. 방송에 나오는 리포터와 아나운서의 말투에 귀 기울여보세요.

"오늘이 처서라고 **하네요**(*비격식체). 아침저녁으로 쌀쌀하니 건강에 유의하시기 **바랍니다**(*격식체)."

"꿀벌 폐사가 잇따르면서 과수 농가에 비상이 **걸렸는데요**(*비격식체). OOO 기자가 현장에 **다녀왔습니다**(*격식체)."

틀리기 쉬운 높임법 1. 사물 높이기

친절해야 한다는 강박관념이 지나쳐서일까요, "주문하신 카페라테 한 잔 나오셨습니다"처럼 사물을 높이는 경우를 목격합니다. 특히 고객을 상대하는 서비스업 종사자가 사물 높임법을 많이 사용하는데 그들의 고된 정신노동을 보여주는 것 같아 애석한 마음도 듭니다.

내가 높임법을 제대로 쓰더라도 '저 사람은 왜 나에게 존댓말을 제대로 쓰지 않지, 무시하나?'라고 혹시나 상대가 오해할까 봐 걱정도 됩니다. 괜한 오해를 사느니 사물까지 높이는 무리한 선택을 하는 거죠. 그런데 우려와는 달리 높임법만 제대로 써도 충분히 존중하는 느낌이 전달됩니다. 다음 예문을 보세요.

• 100세까지 보장되시는 보험이십니다.

→ 100세까지 보장되는 보험입니다(보험이에요).

• 공사 구역이라 입장이 어려우세요.

→ 공사 구역이라 입장이 어려워요(어렵습니다).

• 1년 안에 고장이 나시면 바꿔드립니다.

→ 1년 안에 고장이 나면 바꿔드립니다(바꿔드려요).

틀리기 쉬운 높임법 2. 이름 높이기

높임법의 남용은 사물뿐만 아니라 이름을 부를 때도 주의해야 합니다. 가끔 어르신께 부모님 성함을 소개하는 상황이 생기죠. 이때, 이름 뒤에 '자(字)'를 붙여서 말해야 하는 것은 알지만 '성'은 제외라는 사실을 모르는 사람이 많습니다. 예를 들어, "저희 아버지 성함은 김 자, 선 자, 달 자입니다"라고 말하는 것이 아니라 "김, 선 자, 달 자입니다"라고 말해야 맞습니다.

이름 이야기가 나온 김에 몇 가지 더 알아볼까요? 이름을 높이는 단어, 무엇이 떠오르나요? 실생활에서는 '성함'을 주로 쓰지만, '존함'과 '함자'도 함께 알아두면 선택의 폭이 넓어지겠죠. 전부 이름을 높이는 말이지만 약간의 차이가 있는데요. 처음 만난 사람에게 "성함이 어떻게 되세요?" 하고 묻듯 '성함'이 일상적으로 두루 사용되는 말이라면, '존함'에는 한자어 공경할 존(尊)이 들어간 만큼 "선생님의 존함은 익히 들었습니다"처럼 상대에게 존경을 담아 말할 때 쓰면 좋습니다. '함자'는 요즘에는 잘 쓰지 않지만 알아두면 어르신과 소통할 때 당황하지 않겠죠?

편지를 쓸 때 받는 사람을 높여 '귀하'라는 표현을 아직 쓰기도 하는데요. 귀하는 '님'과 같은 뜻이기 때문에 둘 중 하나만 씁니다.

• 김선달 님 귀하 (X)

→ 김선달 님께 / 김선달 귀하 (O)

틀리기 쉬운 높임법 3. 우리와 저희

TV에 나오는 연예인이나 정치인도 종종 틀리는 말이죠. "저희 나라 국민이 어려울 때는 똘똘 뭉치잖아요." 지나친 겸손과 긴장에 자주 하는 실수입니다. 일반적으로 '저희 나라'라는 표현은 쓰지 않을뿐더러 '우리나라'라는 한 단어(우리+나라 합성어)가 있는데 굳이 두 단어로 쓸 필요가 없지요. '저희'는 '우리'의 낮춤말인데, '우리'는 말하는 사람과 자기편의 사람(또는 듣는 사람)을 포함하지만 '저희'는 상대방이 포함되지 않기 때문에 자국민을 상대로 말할 때는 이치에 맞지 않습니다. 예를 들어, 나의 직장 상사에게 "저희 회사에서~"라고 말하면 서로 다른 회사에 다니는 것이 됩니다. "우리 회사에서~"라고 말하는 게 맞습니다.

헷갈리기 쉬운 맞춤법 하나 더. 말의 높임말은 '말씀'이죠. 그런데 말을 낮추는 말도 있습니다. 재미있게도, 똑같이 '말씀'입니다. "우리 반 선생님께서 말씀하셨어요"라는 문장은 높임법으로 쓰였지만, "드릴 말씀이 있는데요", "제 말씀은 그게 아니라"라는 문장에서는 자신이 한 말을 낮춘 겸손의 표현입니다.

말씀

1. 남의 말을 높여 이르는 말.

2. 자기의 말을 낮추어 이르는 말.

높임법, 모르고 쓸 때는 쉬웠는데 알면 알수록 만만치 않죠. 높임법이 엄격한 문화가 상명하복이나 서열주의를 강화한다는 비판도 있는데요. 이에 따라 일부 회사에서는 직급 대신 닉네임을 부르는 등 평등한 언어생활을 시도하기도 하지만 높임법이 완전히 사라지진 않을 것입니다. 언어란 단순한 의사소통 도구가 아니라 뿌리 깊은 문화이고 역사의 반영이니까요.

그렇지만 세월이 흐르면서 조금씩 달라진 부분도 존재하는데요. 요즘은 전과 달리 압존법을 사회적으로 쓰지 않는 추세입니다. 옛날에는 "할아버지, 아버지께서 들어오셨어요"라고 하면 혼쭐이 나기도 했지요. 할아버지가 아버지보다 나이가 많은데 아버지를 높이면 안 된다는 거예요. 듣는 사람을 기준으로 존대 여부를 결정하는 압존법은 안 그래도 복잡한 높임법을 더욱 헷갈리게 하고 자연스럽지도 않습니다. 이처럼 시대에 따라 변화하는 부분은 잘 챙겨서 그에 걸맞게 나의 어휘 수준도 꾸준히 보완해가면 좋겠죠?

어색한 높임법을 자연스럽게 고쳐보자.

- 연회비가 없으신 카드시고요. 지금 바로 발행 가능하세요.
- 오늘도 기분 좋은 하루 되세요.
- 서류는 제대로 접수되셨습니다.
- 할머니, 아버지가 얼른 오래요.
- 고모, 클래식에 대해 궁금한 점은 언제든 저에게 여쭤보세요.

정답 예)

- 연회비가 없는 카드고요. 지금 바로 발행 가능합니다.
- 오늘도 기분 좋은 하루 보내세요.
- 서류는 제대로 접수됐습니다.
- 할머니, 아버지께서 얼른 오시래요.
- 고모, 클래식에 대해 궁금하신 점은 언제든 저에게 물어보세요.

PT 12회 차

큰 단어 대신 작은 단어를 사용하라

다채로운 어휘를 능란하게 골라 쓰며 말하는 사람을 보면 부럽죠? 홀린 듯 듣다 보면 '맞아, 맞아' 공감의 반응이 절로 나옵니다. 몰입이 잘되어 대화가 즐겁죠. 같은 내용이라도 어떻게 말하느냐에 따라 느낌이 전혀 다릅니다. 도대체 그 차이는 어디에서 오는 걸까요? 아래 예문을 비교해보세요.

A. 오늘은 아침부터 정신이 하나도 없었어. 점심 메뉴를 기대했는데 별로였고, 그나마 후식은 먹을 만했어. 퇴근길에는 교통체증이 심해서 너무 힘들었지만.

B. 침대에서 눈을 떴는데 시계를 보고 깜짝 놀랐어. 알람을 3개나 맞췄는데 전부 다 끄고 30분이나 더 잔 거야. 지각할까 봐 얼마나 달렸는지. 점심에는 새로 생긴 순대국밥 집에 갔는데 실망스러웠어. 국물은 싱겁고 깍두기도 덜 익었더라고. 그래도 후식으로 나온 딸기는 새콤달콤했어. 퇴근길에는 고속도로에서 3중 추돌사고가 나는 바람에 운전에 애를 먹긴 했지만.

동일인의 하루라고 믿기 어려울 만큼 분위기가 다르죠? 비밀은, 단어의 '구체성'에 있습니다. 상대적으로 추상적인 단어(큰 단어)로 설명하는 A는 화자가 고된 하루를 보냈다는 것은 알겠지만 어떤 장소에 있었고, 무엇 때문에 힘들었는지 그림으로 그려지지 않습니다. 그래서 크게 와닿지 않지요. 반면 구체적인 단어(작은 단어)로 말하는 B는 마치 화자의 일상을 옆에서 지켜본 것처럼 실감이 납니다. '곤란했겠네', '맛있었겠다' 하는 공감이 생깁니다. 각각 문장을 구성한 단어들을 살펴볼까요?

A. 큰 단어	B. 작은 단어
정신없다	침대, 시계, 30분, 달리다
점심 메뉴	순대국밥, 국물, 깍두기
후식	딸기, 새콤달콤하다
교통체증	고속도로, 3중 추돌사고

어휘력을 키우고 말을 잘하고 싶다면 대화할 때 큰 단어보다 작은 단어를 자주 사용하세요. 큰 단어는 상황을 뭉뚱그려서 사고와 표현의 범위를 좁힙니다.

저명한 미국 고전 연구자이자 미디어학자인 월터 J. 옹은 심지어 '나무'라는 '구체적인' 말조차 '구체적인' 나무를 가리키는 것이 아니라며 개별적이고 감각적인 현실에서 도출된 또 하나의 추상이라고 지적합니다. 예를 들어, 나무라고 하면 누군가는 소나무를, 누군가는 앵두나무를 떠올릴 수 있다는 거죠.

추상적인 단어로 이루어진 글은 부연 안개 뒤에 가려진 물체처럼 지각하기 힘듭니다. 작은 단어는 추상성의 해독제입니다. 처음부터 작은 단어가 떠오르지 않으면 우선 큰 단어를 떠올린 다음에 고민하면 됩니다.

큰 단어를 작은 단어로 쪼개는 과정

- 내가 아침에 정신없던 이유가 무엇이지? → 늦게 일어났지 → 그때 상황은? → 나는 침대에 누워 있었고 눈을 떴을 때 스마트폰 시계 화면이 평소와 달랐어.
- 오늘 점심 메뉴가 무엇이었지? → 순대국밥 → 왜 순대국밥을 택했지? → 새로 생긴 식당이 궁금해서 → 왜 맛이 없었지? → 국물이 싱겁고 깍두기도 덜 익었어. 그래도 후식 과일은 맛있더라 → 왜 맛있었지? → 내가 좋아하는 딸기가 나왔는데 새콤달콤했거든.

이처럼 스스로 큰 단어를 사용한 이유를 묻고 답하면서 작은 단위로 단어를 쪼갤 수 있습니다.

여기서 좀 더 욕심을 내보자면 딸기도 더 작은 단어로 쪼갤 수 있습니다. 예를 들어, 설향, 육보, 금실, 킹스베리 등 품종으로 표현하는 겁니다. 딸기는 품종에 따라 맛(달콤함/새콤함)이나 식감(단단함/무

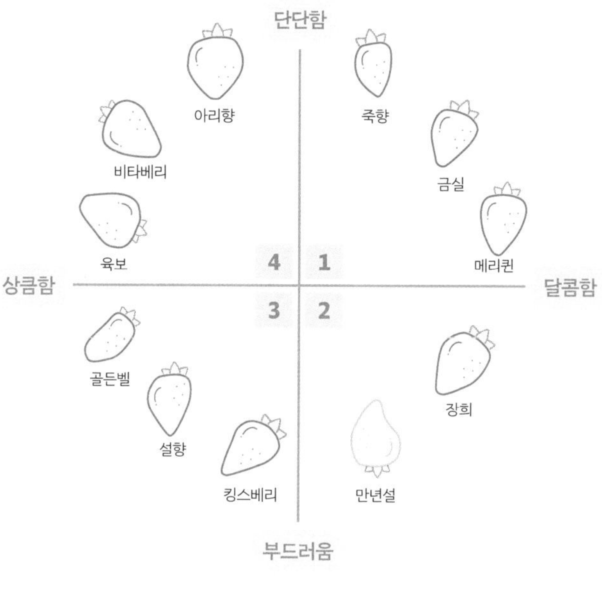

다양한 딸기

름)이 조금씩 다르거든요.

단어를 더 작게 쪼개기

• 내가 좋아하는 설향 딸기를 서비스로 주셨는데 새콤달콤하니 맛있었다.

(*과일 → 딸기 → 설향 딸기)

그런데 딸기 품종에는 무엇이 있고 어떻게 다른지를 글밥 코치는 어떻게 알았을까요? 딸기 농사를 짓지도 않는데 말이죠. 어느 날, 마트에 들렀다가 제철 딸기 코너를 발견한 거예요. 매대에는 다양한 품종의 딸기가 정갈하게 포장되어 놓여 있었고, 식감과 맛이 어떻게 다른지 친절하게 안내 문구가 붙어 있었습니다. 딸기를 그렇게 좋아했지만 알지 못했던 정보였죠. 모르는 단어를 배울 기회인데 놓칠 수 있나요. 그것을 자세히 읽어보고 사진도 찍어두었습니다. 새로운 단어를 발견하면 소매를 걷어붙이세요. 호기심과 관찰이 작은 단어를 쓰는 습관으로 이어집니다.

딸기 품종 이야기가 나와서 덧붙이자면, 얼마 전 한 채소가게에서 내건 '포슬포슬한 수미감자 쪄서 드세요'라는 광고 문구를 발견했습니다. 찐 감자를 묘사할 때 '포슬포슬하다'라는 표현을 관용적으로 쓰는데요. '포슬포슬'이라는 단어는 물기가 적어 엉기지 못하고 바스러지는 모양을 뜻합니다. '수미감자'는 국내에서 가장 많이 생산되는 점질 감자 품종으로 수분이 많아서, 포슬포슬하기보다는 단단하고 찰기 많은 특성이 있습니다. 잘 부서지지 않아 국이나 조림에 주로 사용하죠. 분이 많아 포슬포슬해 쪄 먹기 좋은 품종은 분질 감자로 두백감자 등이 있습니다. 감자라고 전부 포슬포슬하지는 않습니다. 관용적인 표현은 습관적으로 쓰지 말고 한 번 더 생각해보는 게 좋습니다. 참고로 저는 그 채소가게에서 감자를 사지 않았답니다.

다음 대화에서 큰 단어를 작은 단어로 바꾸어 그림 그리듯 생생하게 표현해보자.

약속 장소에 도착해서 친구를 기다렸는데 아무리 지나도 오지 않는 거야. 연락도 되지 않으니 결국 혼자서 영화를 봤어. 다행히 영화는 재미있더라고. 영화가 다 끝나고 나서야 친구에게서 연락이 왔는데, 말도 안 되는 변명만 늘어놓는 거 있지.

정답 예)

합정역 5번 출구에서 윤정이를 만나기로 했는데 30분이 지나도록 오지 않는 거야. 카톡도 안 보고, 전화를 걸어도 받지 않으니 결국 <서울의 봄>은 혼자서 봤어. 영화는 손에 땀이 날 만큼 매 순간 긴장감이 넘치더라고. 영화가 다 끝나고 나서야 윤정에게서 전화가 왔는데 자신은 강남역에서 보는 줄 알았다는 거 있지.

PT 13회 차

선입견을 제거하는 연습

글밥 코치는 20대부터 다양한 운동을 바꿔가며 취미로 즐기고 있는데요. 몇 해 전에는 헬스장에서 운영하는 '줌바 댄스' 강습에 문을 두드린 적이 있습니다. 줌바라면 TV에서 본 적이 있었죠. 긴 머리에 늘씬한 댄서가 박력 있게 몸을 흔드는 모습이 멋져 보였습니다. 드디어 첫 수업 시간, 강사가 들어오길 기다리고 있었는데 아담하고 통통한 한 여성이 들어와 음악을 틀었습니다. 수업 보조자인 줄 알았는데 줌바 강사였습니다. 줌바 댄서의 외모에 선입견이 있던 것이죠. 상대에 대한 정보가 아직 충분하지 않을 때, 자신의 경험이나 배경지식으로 선불리 판단하는 일이 종종 있습니다. 특히 겉모습이나 직업으로 판단하기 쉽죠.

휴리스틱(heuristics)이라는 용어를 들어보았나요? 쉽게 말하면 어림짐작인데요. 정신적 에너지를 아끼기 위해 그간의 경험을 바탕으로 몇 가지 정보만 가지고 쉽게 판단하는 것을 뜻합니다. 이는 인간의 생존력을 높이기 위해 발달했다고 합니다. 갑자기 위험한 상황이 닥쳤을 때 이것저것 잴 것 없이 재빠르게 대처해야 하니까요. 선입견은 정보처리를 단순하게 한다는 점에서 휴리스틱과 비슷합니다.

선입견이 들어간 말	선입견이 없는 말
자녀는 몇 학년이에요? (결혼한 지 10년이 됐다고 하니 자녀가 있겠지)	**혹시 자녀가 있으세요?** (결혼했다고 했지, 자녀가 있다고는 안 했으니)
여자애라 예민한 편이에요. (보통 남자보다 여자가 예민하다니까)	**우리 애가 예민한 편이에요.** (우리 아이만의 기질일 수 있어)
충청도 사람이라 속을 모르겠어. (충청도 사람이랑 일해봤는데 답답했어)	**그이는 기분이 얼굴에 잘 드러나지 않더라고.** (표현에 익숙지 않은 사람인가 보다)
A형이라 소심해서 그래. (혈액형 중 A형이 제일 소심하니까)	**나는 겁이 많은 편이야.** (낯선 환경에 가는 것이 불편해)
여자라 숫자에 약해서. (여자는 남자보다 수리력이 떨어져)	**숫자 계산에 익숙지 않아서.** (계산하는 업무는 처음이니까)
남자라 꼼꼼하지 못해서. (남자는 여자보다 섬세함이 떨어져)	**덜렁거리는 습관이 있어서.** (성격이 가볍고 쉽게 흥분하는 편이지)
역시 명문대 나왔다더니 일을 참 잘해. (좋은 대학 갈 정도면 똑똑할 테니 다른 것도 다 잘할 거야)	**새로 들어온 그 직원은 일을 참 잘해.** (빠릿빠릿하고 책임감도 강하더라)
얼굴 예쁜 사람이 성격도 좋더라. (얼굴값이란 말이 괜히 있겠어)	**매사 긍정적이고 붙임성이 좋더라.** (웃는 얼굴로 사람을 편하게 해주는구나)

눈치챘나요? 선입견이 끼어드는 순간을 가만 살펴보면 보통 '집단'에 대한 편견이 작용합니다. 연령대나 성별, 출신 지역 등이 그 기준이 되는 것이죠. 반면 선입견이 없는 말은 집단이 아닌 개인에 초점을 맞춥니다. 각자의 다양성을 존중하는 태도가 깔려 있죠.

선입견이 들어간 말은 게으르다는 점에서 '대박'과 닮았습니다. 기분이 좋아도, 화가 나도, 슬퍼도 대충 '대박'을 외치는 것처럼, 성급하게 모든 상황을 일반화합니다. 보통 선입견은 'A이기 때문에 B다'라는 연역적 추론으로 맺어져 있습니다. 어떤 판단을 내릴 때 뒷받침할 근거가 있으면 든든하기 때문에 이러한 사고 흐름으로 빠지기가 쉽죠. 하지만 연역적 추론은 예외가 하나만 있어도 논리가 무너진다는 한계가 있습니다. 예를 들어, 여자아이 중에도 털털한 아이가 많고, 명문대를 졸업했는데 일머리가 없는 사람도 있으니까요.

문제는 이런 선입견을 말로 내뱉는 순간, 본의 아니게 상대방을 불쾌하게 할 수 있다는 점입니다. 또 잘못된 인식을 스스로 고착시키고, 이와 같은 생각들이 모이면 사회적인 차별로 확대되기도 합니다. 평소 사용하는 언어생활이 나의 어휘력에 영향을 끼치는 것은 물론, 연쇄 효과를 일으킬 수도 있습니다.

선입견은 본능에 가까워 무의식적으로 끼어듭니다. 그래서 더 각별한 노력이 필요한데요. 어휘력이 부족하면 복잡한 개념을 이해하거나 표현하는 데 한계가 있습니다. 그만큼 관점을 두루 고려하는 균형감각 또한 떨어지죠. 결국 어휘를 학습하고 적소에 활용하려는 노력은 좁은 시야를 넓히고 선입견을 각성하는 일이기도 합니다.

오랜만에 친구와 만나 신나게 수다를 떨고 돌아왔는데, 괜스레 찝찝한 기분이 들 때가 있어요. 괜히 들떠서 굳이 하지 않아도 될 말을 내뱉은 건 아닐까 후회도 되고요. 이미 뱉은 말은 주워 담을 수 없지만 언어 습관을 고치는 방법은 있습니다. 잠자리에 누워, 오늘 하루 입 밖으로 내보낸 말 중에 선입견은 없었는지 돌이켜보는 일입니다.

다음 선입견이 들어간 말을 어떻게 바꾸면 좋을지 고민해보자.

- 제주도 사람이라 그런지 억세더라고.
- 막내들은 의존적인 성격이 강해.
- 채식주의자들은 좀 까탈스럽지 않아?
- 이줌마라 그런지 자꾸 까먹어.

PT 14회 차

낡은 차별어를 새 단어로 바꾸어서 말하기

과거에는 아무렇지 않게 쓰던 말 중에 현재는 어색하게 느껴지는 단어가 꽤 있습니다. 그중 하나가 '애완동물'입니다. 제가 어릴 때는 친구들끼리 "너희 집에 애완동물 키워?"라고 물었거든요. 요즘은 애완동물이라는 단어를 거의 들어본 적이 없습니다. '반려동물'이라는 말이 그 자리를 대신하고 있죠.

동물과 함께 사는 사람이 늘고 이들을 가족으로 인식하면서 명칭도 바뀐 겁니다. 애완동물의 '완(玩)'은 장난감을 뜻하는 완구와 같은 한자어를 씁니다. 누구도 가족을 놀이 도구처럼 여기지는 않을 테니까요. '도둑고양이'라는 표현도 사람이 돌보거나 기르지 않는 고양이를 낮잡아 이르는 말이라고 요즘은 쓰지 않습니다. 길고양이[•]라는 표현이 더 익숙해졌는데요. 한발 더 나아가 더불어 산다는 의미를 더한 '동네고양이'로 불러야 한다는 의견도 있던데, 갈수록 고양이의 위상이 높아지고 있는 듯하죠?

• 2021년 2분기 표준국어대사전 정보 수정 주요 내용에 '길고양이'가 추가되었다.

다 쓰고 난 종이를 '폐지' 대신 '종이 자원'으로 불러야 한다는 칼럼을 흥미롭게 읽었습니다. 우리나라 종이 재활용률은 세계 최고 수준이니 버려지는 것이 아닌, 다시 쓴다는 점에 초점을 맞추자는 것이죠. 이처럼 언어는 영원불변한 것이 아니라 계속해서 생성되는 반면, 소멸하기도 합니다. 마치 생명체처럼요.

어휘를 세련되게 구사하려면 이러한 시대 흐름을 읽고 적응해야 합니다. 공식 석상에 자주 서는 사람이라면 더더욱 언어 감수성을 길러야 합니다. 성인지 감수성(gender sensitivity)과 차별 감수성이 떨어지면 본인도 모르게 누군가에게 상처가 되는 말이 튀어나올 수 있으니까요. 언어는 생각의 반영이라 그 사람을 고스란히 보여줍니다. 둔감한 것보다는 차라리 까다롭다는 소리를 듣는 편이 낫습니다.

나는 얼마나 언어에 예민한 사람인지 알아볼까요? 아래 글을 읽고 왠지 마음이 불편하게 느껴지는 단어가 있으면 표시해보세요.

- 미혼 인구가 늘면서 1인 가구 비중이 높아졌다. 결혼 연령이 늦춰지니 고령 산모의 미숙아 출산도 덩달아 늘고 있다.
- 그날 행사에는 정신지체 장애우뿐만 아니라 탈북자도 함께 참여했다. 나는 학부형 참관 자격으로 1시간 정도 일찍 도착했다.

글을 읽으면서 몇 번이나 불편했나요? 전혀 불편하지 않았다면 제 마음이 불편합니다. 언어 감수성이 떨어지는 낡은 단어를 새 단어로 교체해보겠습니다.

낡은 단어	새 단어	설명
미혼	비혼	결혼을 못 한 상태가 아닌 안 한 상태
미숙아	조산아/이른둥이	발달 상태 아닌 태어난 출산 시점에 초점
정신지체	지적장애	부정적 인식을 지운 객관적 용어
장애우	장애인	개인의 존엄성과 독립성을 존중하는 표현
탈북자	탈북민 (북한이탈주민)	사회의 일원으로 존중하는 표현
학부형	학부모	학생의 보호자는 '아버지나 형'이 아님

물론 낡은 단어를 쓴다고 문법에 어긋나거나 큰일이 나지는 않습니다. 뜻이 안 통하는 것도 아니고요. 그렇지만 시대를 반영하지 못하거나 사회적 약자에 대해 차별이 들어간 용어를 대체할 새로운 단어가 있는데 굳이 낡은 단어를 고수할 필요도 없겠죠. 차별당하는 것을 좋아할 사람도 없지만, 스스로 차별하는 사람이 되고 싶은 사람도 없을 테니까요.

빅데이터 연구원인 정유라는 《말의 트렌드》에서 자신이 쓰는 표현에 문제가 있는지 헷갈릴 때 참고하라며 '올바른 언어 습관을 갖기 위한 구체적인 훈련법'을 제시하기도 했는데요.

> 첫째, 이 말에 어떤 계층, 성별, 인종, 국가를 비하하거나 폄하할 의도가 담겨 있지는 않은가?
> 둘째, 이 말의 반대말이 존재하는가? 그 반대말이 차별이나 혐오를 내포하지는 않는가?
> 셋째, 이 말의 어원은 무엇인가?•

특히 어린이나 노인에 붙는 차별 단어는 간과하기 쉬우니 잘 골라내야 합니다. 어떤 분야에 미숙한 초보를 지칭하는 주린이(주식), 요린이(요리), 골린이(골프)라는 말이 한때 유행했죠. 고백건대 글밥 코치도 한동안 문제의식을 느끼지 못해 종종 사용했습니다. 얼핏 보면 문제가 될까 싶지만, '능력이 없다', '못한다'라는 의미로 자주 쓰이기 때문에 어린이를 낮춰 보는 의미가 생깁니다. 신조어가 등장하면 유행처럼 남용되는데, 그 단어가 사회적으로 문제가 있는지를 검토하는 데에는 어쩔 수 없이 어느 정도 시간이 필요합니다. 문제의식이 생기면, 그때부터라도 지양하는 방식으로 고쳐가면 됩니다. 언어

• 《말의 트렌드》, 정유라 지음, 인플루엔셜, 2022.

감수성은 한 번에 외우는 게 아니라 그렇게 눈치껏 기르는 겁니다. 알아두어야 할 새 단어를 좀 더 만나볼까요.

낡은 단어	새 단어
주린이	주식 초보자
외국인노동자	이주노동자
처녀작	첫 작품
혼혈아	다문화가정자녀
결손가정	한부모가정
집사람 · 안사람	배우자
가정부	가사도우미

그 외에 인종이나 이념과 관련된 단어도 주의해야죠. 설마 아직도 양키, 코쟁이, 흑형, 짱꼴라, 떼놈, 쪽바리, 빨갱이 같은 말을 아무렇지도 않게 입 밖으로 내뱉는 사람은 없겠죠?

다음 단어에서 차별 요소는 무엇일까? 낡은 단어를 새 단어로 바꿔 써보고, 익숙해질 때까지 소리 내어 발음해보자.

- 벙어리장갑
- 스포츠맨십
- 여의사
- 육아맘
- 자매결연

정답)

손모아장갑(엄지장갑), 스포츠 정신, 의사, 주 양육자, 상호결연

PT 15회 차

긍정의 말투 : 너그럽고 능동적인 단어로 바꾸기

오랜만에 만난 친구 둘이 대화를 나누고 있습니다. 한 친구는 최근에 부쩍 체중이 늘었다며 고민을 털어놓았죠.

A: 올해부터는 나도 운동 좀 해볼까 하는데, 뭐가 좋을까.

B: 난 요즘 요가 하는데 하고 나면 개운하니 좋더라고.

A: 나는 너처럼 유연하지 않아서.

B: 그럼, 달리기는 어때? 체력 키우는 데 최고야.

A: 달리기하면 무릎에 안 좋다더라. 늙어서 고생한대.

B: 그러면 수영이지! 관절에 무리 없는 운동이라 할머니들도 하잖아.

A: 야, 이 몸매로 어떻게 수영복을 입냐.

B: 에이, 뭐 어때. 그럼 자전거는 어떨까. 요즘 날씨도 쾌청하고.

A: 나 예전에 넘어져서 다친 뒤로 자전거는 안 타거든.

B: ……(그냥 숨쉬기 운동이나 하렴)

혹시 떠오르는 사람이 있나요? 함께 대화하고 나면 활력이 솟는 상대가 있고, 반대로 기운이 쭉 빠지는 사람도 있습니다. A는 후자에 가깝겠죠? '되는 이유'보다는 '안 되는 이유'를 먼저 찾는 부정적인 말투는 관계에도 해롭습니다.

먼저 나부터 돌아볼까요. 나 자신은 객관적으로 판단하기가 어렵다고요? 쉽게 알아보는 방법이 있습니다. 내 주변에 긍정적인 표현을 쓰는 사람이 많은가요, 아니면 말끝마다 부정적인 표현을 일삼는 사람이 많은가요. 내가 가장 자주 만나는 다섯 사람의 평균이 나의 모습을 보여준다는 유명한 이야기도 있잖아요.

부정적인 표현에 길들면 긍정적인 상황에서조차 부정적인 말이 나옵니다. 모처럼 맛있는 음식을 먹고도 떨떠름한 표정을 지으면서 이렇게 말하는 거죠. "뭐, 먹을 만하네", "저번에 갔던 집보다는 낫네". 듣는 사람까지 김이 빠지죠. 말투는 무의식적인 습관이라 고치기 어려울 뿐만 아니라, 주의를 기울이지 않으면 스스로 알아차리기조차 쉽지 않습니다. 오늘부터 어떤 식으로 말하는지 성찰해보자고요.

부정적인 느낌을 주는 말에는 보통 '너그러움'과 '능동성'이 빠져 있습니다. 만족을 느끼더라도 웬만해서는 칭찬이나 좋은 평가를 입 밖에 내지 못합니다. 그 뿌리에는 자신을 믿지 못하는 낮은 자존감이 깔려 있는지도 모릅니다. 남들에게 수준이 높은 사람처럼 보여야 한다는 강박관념이 숨어 있는 거죠. 일반적으로 자존감이 낮은 이들은 자신의 가치를 인정받고 싶어 하는 동시에 거부당할 것을 두려워합니다. 이런 양가적 심리는 방어적이고 까다로운 태도와 부정적인 말투로 표출됩니다.

능동성이 빠져 있다는 것은 '내가 원한 게 아니라 어쩔 수 없었다'라는 피동적인 뉘앙스를 드러낸다는 뜻입니다. 예를 들어, "매일 강아지랑 산책해줘야 해서 피곤해"라든가 "오늘도 삼촌 가게에 일해주러 가야 해"처럼요. 물론 그것이 진심으로 원한 일이 아니더라도 내가 결국 선택했다면 능동적으로 표현하는 게 좋지 않을까요? 내 인생의 주인은 나인데, 무언가에 끌려다니는 느낌은 썩 유쾌하지 않잖아요. 능동적인 표현은 긍정적이고 주체적인 기분을 선사합니다. 이런 언행 하나하나가 모여 삶의 향방을 바꾼다고 믿습니다.

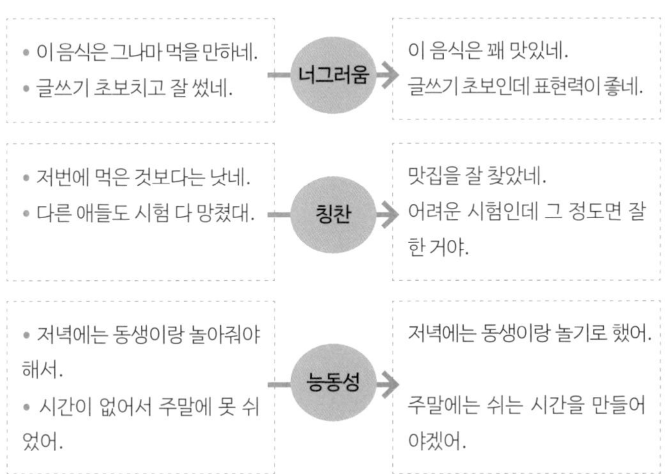

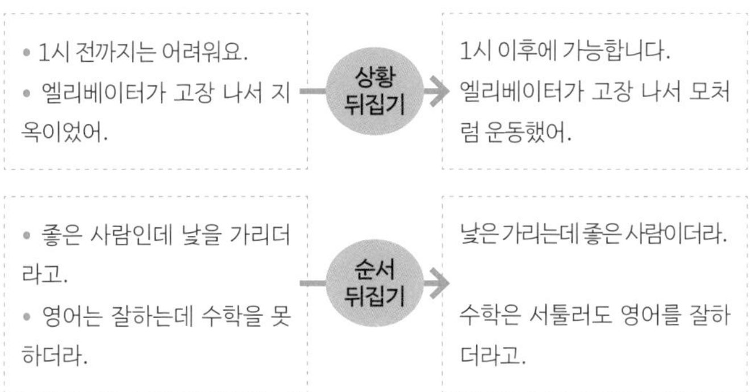

부정적인 말투를 긍정적으로 바꾸는 방법

너그러움에 칭찬 한 숟가락을 보태면 부정적인 말투가 긍정적으로 환골탈태합니다. 거기에 능동성까지 넉넉하게 끼얹어주세요. 당당한 말투에는 품격이 실립니다.

상황이나 어순을 뒤집는 것도 방법입니다. 부정적인 면에 비추었던 스포트라이트를 슬며시 틀어서 반대편에 있는 긍정적인 면으로 비추는 것이죠. '오늘은 어려워'라는 말 대신 '내일까지는 가능해'로, '지금은 안 돼'라는 말을 '30분 후에 해줄게'로 바꾸는 겁니다. 한국말은 끝까지 들어봐야 안다고 하죠. 최신성 효과(recency effect)라는 심리학 용어가 있는데요. 가장 최근에 들은 정보가 기억에 더 잘 남는다는 원리입니다. 광고에서 제품 정보를 마지막에 밝히는 까닭입니다. 부정적으로 시작한 말이더라도 마무리는 긍정적으로 매듭지어보세요.

다음 부정적인 말투를 긍정적인 말투로 바꿔보자.

- 그렇게 열심히 공부하더니 지난번보다 겨우 5점 오른 거야?
- 평일 오후에는 집을 비우기 어려워요.
- 그 뜨개 목도리는 정성을 많이 들인 것치고 모양이 허술해.

PT 16회 차

알아두면 사회생활이 편한 속담과 관용구

촌철살인(寸鐵殺人)이란 고사성어가 있죠. 직역하자면, 손가락 한 마디만큼 작은 쇳조각으로도 사람을 죽일 수도 있다는 무시무시한 뜻이지만, 속뜻은 '간결한 말로 핵심을 찌른다'입니다. 촌철살인을 대표하는 말이 '속담' 아닐까요. 예부터 전해 내려오는 지혜와 교훈을 담은 짧은 어구, 속담은 풍자적이라 재미있고 오랜 세월 많은 사람의 입에 오르내리면서 보편성을 갖추어 설득력도 있습니다. 그래서 어떤 상황에서는 구구절절 설명하는 것보다 적절한 속담을 들려주는 편이 더 와닿습니다.

영어 속담도 표현만 다를 뿐 우리 속담과 전하고자 하는 메시지가 비슷합니다.

영어 속담	한국 속담
A barking dog never bites. 짖는 개는 절대 물지 않는다	빈 수레가 요란하다.
Walls have ears. 벽에도 귀가 있다	낮말은 새가 듣고 밤말은 쥐가 듣는다.
Every cloud has a silver lining. 모든 구름 뒤편은 은빛으로 빛난다	고생 끝에 낙이 온다.

그만큼 시대와 지역 불문 누구에게나 통한다는 뜻이겠죠. 속담처럼, 짧지만 고개를 끄덕거리게 만드는 말로 '관용구'도 있습니다. 관용구란 2개 이상의 단어가 만나 특수한 의미를 만들어내면서 한 단어처럼 쓰이는 말을 뜻합니다. 예를 들어 '발이 넓다'라는 관용구는 발바닥이 크다는 뜻이 아니라 '아는 사람이 많다'를 의미하죠. '이번 시험에서 미역국을 먹었다'라고 하면 '시험을 망쳤다(미끄러져서 떨어졌다)'로 이해합니다.

때로는 속담이나 관용구처럼 재치 있고 은유적인 표현도 사용해 보세요. 특히 일터에서 유용하게 써볼 법한 속담과 관용구를 모아봤습니다.

발품 팔다: 직접 돌아다니며 알아보다.	"앉아만 있다고 아이디어가 나오나, 내일부터는 발품을 팔자고."
얼굴이 두껍다: 염치가 없고 뻔뻔하다.	"얼굴이 얼마나 두꺼우면 남의 공을 아무렇지 않게 가로챈담."
양날의 검: 잘 쓰면 약이 되지만 잘못 쓰면 독이 된다.	"그 안건은 양날의 검이라 신중하게 다뤄야 해."
쌍심지를 켜다: 매우 화가 난 상태.	"처음 하는 실수인데 그렇게 쌍심지를 켤 것까지야."
배보다 배꼽이 더 크다: 주된 것보다 딸린 것이 더 크다.	"서비스 기간이 지나서 수리하려면 배보다 배꼽이 더 크겠어."
누워서 침 뱉기: 스스로 자기에게 해를 입힌다.	"부하 직원을 욕하는 것은 누워서 침 뱉기지."
개똥도 약에 쓰려면 없다: 막상 쓰려고 하니 없다.	"개똥도 약에 쓰려면 없다더니, 그 많던 포스트잇이 다 어디로 갔담."

선무당이 사람 잡는다: 능력이 없는데 함부로 나서다가 큰일을 저지른다.	"선무당이 사람 잡는다고, 새로 온 팀장을 좀 말려야 할 것 같은데."
목마른 사람이 우물 판다: 제일 급하고 필요한 사람이 서둘러 그 일을 한다.	"우선 연락하지 말고 기다려보자. 목마른 사람이 우물 파겠지."
물에 물 탄 것 같다: 특징이나 방향성이 없다.	"이번 프로젝트는 물에 물 탄 것 같다. 기획부터 다시 손봐야겠어."
그릇이 크다(작다): 포용력이 크다(작다).	"그 사람은 그릇이 커서 리더 자리에 제격이야."
가재는 게 편: 형편이 비슷한 것끼리 서로 잘 어울리고 사정을 감싸줌.	"가재는 게 편이라더니 같은 고향 출신이라고 눈감아주더라고."
약방에 감초: 어디에나 빠지지 않는 사람이나 물건.	"그이는 회식 자리에서는 약방에 감초 같은 존재야."
바람 앞 등불(풍전등화): 매우 위태로운 처지에 놓여 있음.	"살벌한 구조조정 때문에 우리 팀이 풍전등화와 같아."
빛 좋은 개살구: 겉만 그럴듯하고 실속이 없다.	"그 제품은 포장만 뻔지르르하지, 빛 좋은 개살구야."

구구절절 설명 대신, 속담과 관용구로 말하기

속담과 관용구를 적절하게 활용할 줄 알면 의사소통할 때 드는 불필요한 에너지도 아낄 수 있겠죠.

요즘은 '사회생활 잘한다'라는 말이 마냥 칭찬으로만 들리지 않습니다. 적응력이 뛰어나고 화술에 능하다는 의미지만, 지나치게 아부하거나 저자세를 하는 사람을 비꼴 때도 쓰는 말이니까요. 그래서 대화를 부드럽게 만들어주는 '쿠션어(cushion + 語)'를 부정적으로 보는 시선도 존재합니다. '일만 제대로 하면 되지, 피곤하게 상대방 기분까지 맞춰줘야 하냐'라는 것이죠.

물론 일만 똑바로 한다면 사회생활에 큰 지장은 없습니다. 다만, 사람은 로봇이 아니기 때문에 감정이 존재한다는 사실도 유념해야 합니다. '아 다르고 어 다르다'라는 속담이 괜히 있겠어요. 행운은 작은 친절을 베풀 때 찾아옵니다.

거절할 때	"너무 아쉽지만, 이번에는 어려울 것 같습니다." "좋은 기회인데, 지금은 여건이 좋지 않네요." "마음은 정말 감사하지만, 다음을 기약해야 할 것 같아요." "현재로서는 여력이 부족하지만, 다음번을 기약해봅니다." "안타깝게도, 이번에는 타이밍이 어긋났네요."
요청할 때	"시간이 괜찮다면, 이것 좀 봐주실 수 있을까요?" "혹시 가능하다면, 지금 내려오실 수 있나요?" "갑작스러운 부탁이지만, 재검토 가능할까요?" "괜찮으시다면, 내일까지 부탁드려도 될까요?" "번거로우시겠지만, 한 번만 더 수정할 수 있을까요?"
반대할 때	"일리가 있습니다만, 저는 조금 다른 관점을 갖고 있는데요." "그 점은 이해하지만, 이 부분은 어떻게 해야 할까요?" "그렇게도 생각할 수도 있겠지만, 한편으로는" "의견에 깊이 공감합니다만, 제가 우려하는 부분은" "분명 장점이 있지만, 위험성도 존재하는 것 같아요." "잘 아시겠지만, 반대로 생각하면"

대화를 부드럽게 만드는 쿠션어

《인간관계론》을 쓴 데일 카네기도 "귀찮게 해서 죄송하지만", "미안하지만", "혹 괜찮으시다면"과 같이 사소한 말들은 쳇바퀴 같은 일상의 단조로운 일들을 잘 돌아가게 만드는 작은 예절이며 교육을 잘 받고 자랐다는 것을 보여준다고 말한 바 있습니다. 이처럼 서비스직이 아니더라도 쿠션어를 다양하게 알아두면 원활한 소통에 도움이 되고 좋은 이미지까지 생깁니다. 본론에 들어가기 전, 살짝 덧붙이기만 해도 악수한 것처럼 온기가 전해질 거예요.

오늘의 PT

'목마른 사람이 우물 판다'라는 관용구가 어울릴 만한 상황을 대화체로 만들어보자.

보충제

외국어 사용이 세련되다는 생각은 오히려 촌스럽다

예전에는 실업계고등학교를 크게 상업고와 공업고로 구분했습니다. 요즘은 교육 목적을 더 세분화해 비즈니스고, 유니텍고, 바이오고, 마이스터고 등으로 다양하게 불리더군요. 교육의 특성을 확고히 보여주고자 명칭을 바꾸었는데 도리어 무엇을 배우는 학교인지 와닿지 않습니다. 자주 지적이 되는 아파트 명칭도 마찬가지죠. 로얄, 캐슬, 포레스트, 메르디앙, 퍼스티지, 센트럴, 프레스티지…… 여기가 한국인지 미국인지 헷갈립니다. 신라아파트, 매화빌라는 촌스럽고 영어로 표현하면 세련되어 보이나요?

외국어를 사용하면 고급스러워 보인다는 인식은 좀처럼 바뀌지 않는 모양입니다. 대체할 우리말이 있는데 과도하게 외국어를 쓰는 모습은 오히려 배움에 자격지심이 있는 것처럼 보입니다. 어휘력에도 좋지 않은 영향을 줍니다. 어휘력이 뛰어나다는 것은 '정확한 뜻'을 알고 제대로 활용한다는 의미인데, 오히려 뜻을 흐리고 해석을 어렵게 하기 때문이죠. 고연령자나 영어를 배우지 못한 사람에게는 혼란과 소외감을 안겨주기도 합니다. '시니어클럽'을 읽지 못해 경로당을 찾아 헤매는 어르신의 모습을 상상하면 씁쓸합니다.*

그렇다고 억지스럽게 바꾸자는 뜻은 아닙니다. 오래전 국립국어원에서 내놓은 순화어는 많은 이들을 당황스럽게 했는데요. 웹툰을 '누리터쪽그림'으로, 스마트폰을 '똑똑전화'로 바꾼 것이 그 예입니다. 이미 외래어로 자리 잡혀 통용되는 단어를 무리하게 바꾸다 보니 도리어 부자연스러운 것이지요. 한국에 인터넷이 상용화된 지는 30년 정도 되었기 때문에 이와 관련된 용어는 비교적 친숙한 편입니다. 접속하기(로그인), 내려받기(다운로드), 올리기(업로드), 게시하기(포스팅)는 양쪽 다 자연스럽죠. 이런 경우, 편한 대로 써도 무방합니다.

최근에는 '친환경'과 관련된 단어에 영어 사용이 자주 눈에 띕니다. 다회용 컵 대신 리유저블컵을 쓰면 환경에 더 도움이 되는 것도 아닌데 말이죠. 물론 전문 분야나 국제적 상황에서 외국어를 써야 하는 일이

* 문화체육관광부와 한글문화연대가 국민 1만 1,074명을 대상으로 진행한 '외래어·외국어에 대한 국민 이해도 조사(2020년)'에 따르면 총 3,500개의 외국어 유래 용어 중 70세 이상 응답자의 60% 이상이 이해했다고 답한 단어는 242개로 약 6.9%에 불과했다.

불가피할 때도 있습니다. 그런 경우에는 효율성과 명확성을 따져서 쓰는 것이 적절합니다. 하지만 일상적인 소통에 선택지가 있다면 우리 고유의 정서와 사상, 문화를 담은 우리말이 좋겠죠. 단순한 애국심 때문이 아니라 그 의미와 뉘앙스를 가장 잘 전달하기 때문입니다.

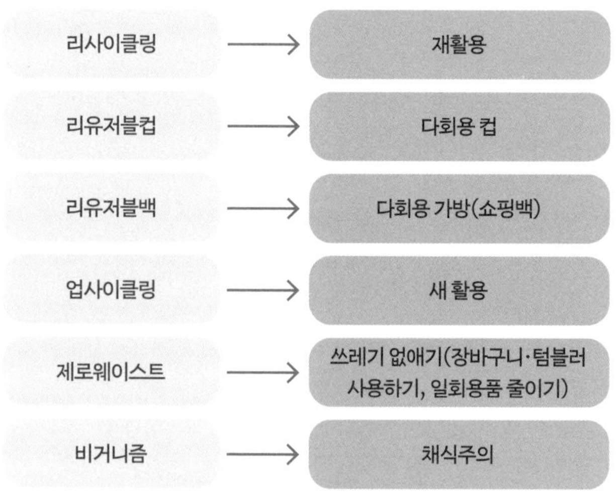

이해하기 쉬운 우리말로 사용하기

재활용은 한자어 아니냐고요? 맞습니다. 그런데 한자어도 우리말 어휘 체계에 속합니다. 외래어는 우리말이지만 외국어는 우리말이 아닙니다.

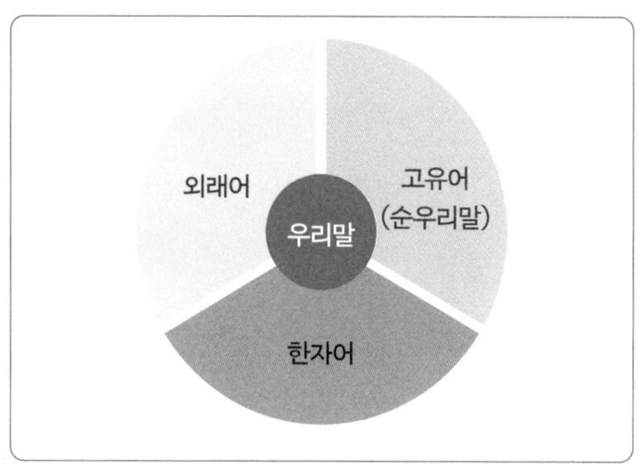

굳이 쓰지 않아도 되는 외국어 대신 쉽고 편안한 우리말로 대체할 수 없는지, 말하기 전 3초만 고민해보면 어떨까요?

- 그 햄버거집은 딜리버리 전용 매장이야.
  → 배달
- 신성장 산업 육성 로드맵을 발표했다.
  → 단계별 계획, 전략 계획
- 현대인의 머스트해브 아이템!
  → 필수품
- 농구선수 P는 작은 키의 핸디캡을 극복했다.
  → 약점
- 거래가 성사되면 10% 커미션이 붙습니다.
  → 수수료

지금은 많이 줄어든 편이지만 무분별한 일본어 사용도 눈살이 찌푸려졌죠. 글밥 코치가 10년 넘게 몸담았던 방송업계에는 특히 일본어 사용이 빈번했습니다. 방송 일을 시작한 지 얼마 안 되었을 때는 선배들이 하는 말을 알아들을 수 없어 골머리를 앓기도 했습니다.

방송업계에서 사용하는 일본어 예시

• 이 기획안은 **야마**가 없는데? 일단 **가라**로 사례자 만들어서 다시 써보자. **미다시** 좀 잘 뽑고, **구다리**도 다시 정리해봐. 앞부분에는 **시바이**도 좀 치고.

→ 이 기획안은 **핵심**이 없는데? 일단 **가상**으로 사례자 만들어서 다시 써보자. **소제목** 좀 잘 뽑고, **흐름**도 다시 정리해봐. 앞부분에는 **재미 요소**도 좀 만들고.

부끄럽지만, 저 역시 시간이 흐른 뒤 일본어 사용에 동참했습니다. 지금 와서 돌이켜보니 '우리 업계만의 용어'를 쓰면서 소속감을 느꼈던 것 같습니다. 마치 청소년들이 자신들만의 은어와 유행어를 쓰는 것처럼요.

나와바리, 노가다, 쇼부, 간지, 단도리, 시다바리, 시마이 같은 단어를 쓰는 사람을 보면 어떤 생각이 드나요? 왠지 거칠고 불량한 느낌이 들지 않나요. 영화와 드라마 같은 대중매체에서 조폭처럼 험한 일을 하는 사람들의 대화법으로 자주 연출하기 때문입니다. 일상에서 일본어를 즐겨 쓰는 사람은 자신의 약한 부분을 감추려고 일부러 표현을 세게 하는 듯한 느낌도 듭니다. 일본어를 사용하는 이유가 소속감이든 허세든, 단정한 느낌을 주지 않는 것은 분명합니다.

최근에는 스마트경영, 스마트워크, 스마트팜, 스마트에코, 스마트컨슈머 등 '스마트'라는 단어를 접두사처럼 붙이는 단어도 많이 생겨났습니다. '스마트'로 뭉뚱그리지 말고 각 의미를 제대로 드러내려면 어떻게 표현하는 게 좋을지 함께 고민해볼까요?

◀OPEN

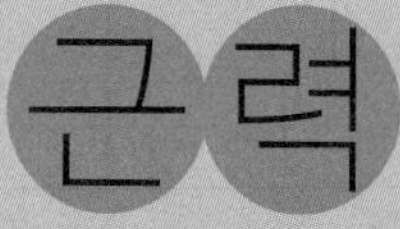

근력

쓰기 훈련:

말과 글의 격을 높이기

PT 17회 차

어휘력을 관리하는 디지털 메모 200% 활용하기

세월이 흐를수록 줄어드는 건 허벅지 근육만이 아닙니다. 총명했던 기억력 또한 점점 흐리멍덩해지는 것을 느끼는데요. 어릴 때는 술술 외던 친구의 전화번호와 생일이 스마트폰 없이는 떠오르지 않습니다. 방금 들었던 내용을 금세 잊어버리고 예전에 자주 찾던 장소의 이름까지 가물가물하고요.

아쉬워도 어쩌겠어요. 계속해서 새로운 정보가 머릿속으로 들어오니 자주 쓰지 않는 정보들은 지워지는 게 자연스러운 이치죠. 어휘력도 마찬가지입니다. 평소 말이든 글이든 자주 사용하지 않는 단어들은 쓸모를 잃고 방황하다가 머릿속에서 휘발됩니다. 그렇다고 방법이 아예 없는 건 아닙니다. 내 얄팍한 기억력을 믿지 말고 틈틈이 메모하는 거예요.

제가 아는 가장 기품 있는 메모광은 《나의 문화유산답사기》를 집필하신 유홍준 선생입니다. 시리즈 책을 집필하는 동안 방방곡곡 얼마나 많은 지역을 돌아다니셨겠어요. 답사 갈 때마다 꼭 챙긴 것이

'빈 부채'였다고 합니다. 아무 그림이 없는 부채를 노트 삼아 그 위에 메모하고, 어떻게 글을 쓸지 구상했답니다. 뒷면에는 이와 어울리는 그림을 그리고요. 공책이나 스케치북과 달리 면이 판판하니 흔들리는 버스 안에서도 끼적이기 좋았겠죠. 30년 동안 메모한 부채가 수백 장에 이른다고 하니, 이 정도면 메모광(혹시 부채광?)이라고 불러도 무리가 없겠죠. 부채에 글과 그림을 그려서 귀한 분께 선물했다는 조선 시대 선비의 풍류가 떠오릅니다.

강원국 작가의 대표작《강원국의 글쓰기》는 3년 동안 기록한 1,700개 메모를 모아서 쓴 책이라고 하는데요. 그는 어떤 주제든 천여 가지의 메모를 하면 책을 쓸 수 있다며 꾸준히 책을 쓰는 비결로 메모의 중요성을 강조했습니다.《읽는 기쁨》을 쓴 편성준 작가는 SNS에 개성 있는 필체로 '공처가의 캘리'라는 단상을 종종 올리는데요. 식당이나 카페에서 갑자기 영감이 떠오를 때는 손바닥만 한 티슈를 활용하기도 합니다. 어쩌면 메모 도구보다 중요한 것이 '순발력'이라는 생각도 듭니다. 아이디어는 갑자기 찾아오는 만큼 얼른 낚아채지 않으면 금방 사라지니까요. 저마다 방법은 달라도 어휘를 잘 다루는 사람들은 습관처럼 메모한다는 공통점을 갖고 있습니다.

글밥 코치는 주로 스마트폰에 메모하는데요. 그중에서도 모바일과 PC 동기화가 되는 '구글킵'과 '카카오톡-나와의 채팅'을 애용합니다. 책을 읽다가 새로운 단어를 발견하면 따로 메모해두었다가 책을 다 읽은 후 국어사전 앱에서 뜻을 찾아보고 저장해둡니다. 산책하다가 문득 글쓰기 소재가 떠오르면 얼른 스마트폰 메모 앱을 열기도 합니다. 메모라고 하면 주로 손글씨를 떠올리는데 디지털 메모에도 장점이 많습니다.

디지털 메모의 장점과 활용법

1. 언제 어디서든 메모하고 확인한다

수첩이나 노트는 깜박하고 챙기지 못할 때도 있지만, 스마트폰은 마치 신체 일부처럼 언제나 나에게 붙어 있습니다. 영감이 떠올랐을 때, 새로운 단어를 발견했을 때, 기억하고 싶은 문장이 생겼을 때 스마트폰을 바로 열어 메모합니다. 클라우드 기반의 메모 앱은 동기화 기능 덕분에 스마트폰에서 기록한 내용을 컴퓨터, 노트북, 태블릿 PC 등 다른 장치에서도 바로 볼 수 있어 편리합니다.

→ 활용법: 회의 시간에 노트 대신 스마트폰이나 태블릿에 메모해보자. 손으로 쓴 내용을 PC에 옮겨 적는 수고를 던다.

2. 내용 편집이 편리하다

기록한 메모의 내용에 따라 비슷한 부류끼리 묶거나 새로 추가하는 등 편집하기가 쉽습니다. 가령, 어휘 학습을 위해 문장 수집을 할 때는 카테고리를 만들어 작가별, 혹은 주제별로 묶었다가 필요에 따라 자유롭게 수정할 수 있습니다.

→ 활용법: 메모한 후 내용 분류가 쉽도록 #태그를 달아두거나 비슷한 것끼리 모아둔다. 나중에 글이나 책을 쓸 때 참고자료로 쓸 수 있다.

3. 다양한 형태로 기록한다

스마트폰은 텍스트뿐만 아니라 이미지, 오디오, 동영상 등 다양한 방식으로 기록할 수 있죠. 이동 중에는 손가락으로 글자를 일일이 입력하는 것보다 녹화나 녹음 버튼을 누르는 게 빠릅니다. 감각적인 기록은 시간이 지나도 생생한 현장의 느낌을 고스란히 재현합니다.

→ 활용법: 길을 걷다가 보이는 간판, 전광판 등의 인상적인 문구를 사진으로 찍어두었다가 글쓰기 재료로 활용한다. 인터넷을 하다가 관심 있는 제목의 신문기사를 발견했을 때, 웹 주소를 메모 앱에 복사해두고 시간이 날 때 읽는다.

4. 원하는 정보를 찾기가 쉽다

저는 책을 읽다가 마음을 사로잡는 문장이나 유용한 정보를 발견하면 손글씨로 필사하고, 그중에서도 나중에 찾아보고 싶은 문장은 키보드로 한 번 더 베껴 씁니다. 디지털 기록을 해두면 '검색'하기가 편리합니다. 찾고 싶은 문장을 손글씨 노트에서 찾으려면 한 장씩 일일이 넘겨보며 찾는 수고가 필요하지만, 디지털 파일은 단축키 Ctrl+F에 키워드를 넣어 쉽게 찾을 수 있으니까요.

→ 활용법: 책에서 연구 결과나 주목할 만한 통계 등 유용한 정보를 발견

하면 타이핑해서 컴퓨터에 기록한다. 글을 쓸 때 근거가 필요하거나 인용문이 필요할 때 키워드로 원하는 문장을 찾아 드래그해서 복사한 후 인용한다.

5. 정보를 다른 사람과 공유하기 좋다

디지털 메모는 타인과 정보를 공유하기도 편리합니다. 구글 드라이브로 파일을 공유하면 다수의 사람이 동시에 내용을 보고 수정할 수 있어서 협업하기 좋습니다.

→ 활용법: 친구와 함께 클라우드로 파일을 공유해 '공유 국어사전'을 만들어보자. 서로 새로운 단어를 발견할 때마다 정보를 업데이트하면 친구가 수집한 단어까지 함께 공부할 수 있다.

장점과 활용법이 무궁무진하죠. 하지만 디지털 메모는 주의할 점이 있습니다. 용도에 따라 다양한 툴을 쓰는 것은 좋지만 그렇다고 너무 많은 종류로 사용하다 보면, 찾고 싶은 내용을 어디에 기록해 두었는지 잊어버리기 쉽습니다. 정보를 취합하고 관리하는 일을 소홀히 하면 수고는 수고대로 하고 제대로 활용하지 못하겠죠. 기록은 기록일 뿐, 기억이 아닙니다. 메모를 해두었다고 그것이 내 머릿속에 있다고 착각하면 안 됩니다. 주기적으로 정리하고 꺼내서 쓰려고 노력해야 메모에 먼지가 쌓이지 않습니다.

사용하고 싶은 디지털 메모 앱을 정하고 스마트폰에 내려받는다. 오늘 하루 동안 있었던 일 중에 글감이 될 만한 아이디어를 세 줄 이상 메모해보자.

글감 예)

- '볼멘소리'라는 단어는 어떤 상황에 어울릴까?
- 배달 음식과 글쓰기의 공통점은?
- 정말 시작이 반일까?

참고) 글밥 코치가 사용하는 메모 앱

- **구글킵:** 체크리스트, 아이디어, 강의 자료
- **노션:** 독서 기록, 집필 일정
- **카카오톡-나와의 채팅:** 간단한 아이디어, 나중에 찾아볼 자료
- **카카오브런치-작가의 서랍:** 글감

PT 18회 차

단어 스무고개(심화)*

어휘력을 키우겠다고 머리 싸매고 어려운 단어를 외운들 효과가 있을까요. 암기 방식의 학습은 효과도 미미하지만 지루해서 지속하기 힘듭니다. 어떤 공부든 재미있게 놀듯이 해야 꾸준히 하고 그만큼 효과도 좋습니다. 글밥 코치가 《어른의 문해력》에서도 소개했던 어휘 학습 놀이 '단어 스무고개' 하는 방법을 알려드리겠습니다. 이번에는 한 단계 더 나아간 심화 편입니다.

누구나 한 번쯤 해보았을 스무고개 놀이. 문제 출제자가 마음속으로 무언가를 떠올리면 나머지 사람들은 총 스무 번 질문을 할 수 있죠. 출제자는 '예'나 '아니오'로만 답변하게 되어 있으니 묻는 사람은 전략을 잘 짜야겠죠? 어떻게 질문을 하느냐에 따라 스무 번 안에 정답을 맞힐 수도, 그렇지 못할 수도 있습니다.

'단어 스무고개'는 혼자서도 할 수 있습니다. 자신이 출제자 겸

---

* PT 18회 차는 글밥 코치의 책 《어른의 문해력》 2장 '1회 차-단어를 풀어서 설명하라: 단어 스무고개'의 [심화 편]입니다.

답변자가 되는 거죠. 특정한 단어를 스스로 떠올린 후, 스무 가지 방향으로 해당 단어를 설명해보는 겁니다. 단어 하나를 낱낱이 뜯어서 요리조리 살피고 고민하는 거죠. 다음 설명은 어떤 단어를 표현했는지 맞혀보세요.

단어 스무고개: 어떤 단어일까요?

1. 형용사입니다.

2. 성격을 표현할 때도 씁니다.

3. 맛을 묘사할 때도 씁니다.

4. 고민이 해결됐을 때 기분.

5. 죄의 형량이 적을 때 표현하는 말.

6. 병세가 위중하지 않을 때 쓰는 말.

7. 가만히 있지 못하고 엉덩이를 들썩거릴 때 하는 말.

8. 제대로 된 식사 말고 간단하게 먹을 때.

9. 여름철 옷차림을 보고 하는 말.

10. 상대를 대하는 마음.

11. 다이어트 식단 차림.

12. 여기저기 떠벌리는 입.

13. 사뿐한 발걸음을 묘사할 때.

14. 심각하지 않은 문제를 표현할 때.

15. 바람이 약하게 부는 모습.

16. 밝은 색채의 느낌.

17. 깃털은 이렇습니다.

18. 심각하지 않은 목소리.

19. 심각하지 않은 부상.

20. 무게를 나타냅니다.

떠오르는 단어가 있나요? 그렇다면 몇 번째 고개에서 감을 잡았나요? 정답은 '가볍다'입니다. 일부러 '무게를 나타낸다'라는 결정적 힌트를 가장 마지막에 배치해봤습니다. 초반에 정답 후보군의 단어 몇몇을 머릿속에 떠올린 후 고개를 넘어갈 때마다 조건에 맞지 않으면 하나씩 지우는 식으로 정답지를 좁혀갑니다. 하나 더 해볼까요? 이번에는 열 고개만 해보겠습니다. 꼭 맞혀보시길!

단어 열 고개: 어떤 단어일까요?

1. 부사입니다.

2. 날씨가 맑게 개었을 때.

3. 상대에게 마음을 열었을 때.

4. 문을 크게 연 모양.

5. 웃는 얼굴을 묘사할 때.

6. 새가 날개를 펼치는 모습.

7. 부채를 펼칠 때 쓰는 말.

8. 공간이 탁 트였을 때.

9. 꽃이 핀 모습.

10. 기회가 열렸을 때.

정답 단어는 눈치챘듯 '활짝'입니다. 출제자가 써놓은 것을 보면 어려워 보이지 않습니다. 막상 스스로 '활짝'이라는 단어를 스무 가지 방식으로 표현하려고 하면 만만치 않은데요. '꽃이 활짝 피었다', '문을 활짝 열었다' 정도밖에 떠오르지 않을 거예요.

단어 고개를 늘리는 한 가지 꾀는 '동음이의어'를 떠올려보는 것입니다. 형태는 같지만 다른 뜻으로도 쓰이는 단어가 있는지도 확인해보세요. 예를 들어, '울다'라는 단어는 가장 대표적인 뜻이 ① 기쁨, 슬픔 따위를 억누르지 못하고 눈물을 흘리다지만 그 외에도 ② 짐승, 벌레, 바람 따위가 소리를 내다가 있습니다. 여기에 어휘력이 뛰어난 사람은 ③ 발라놓거나 바느질한 것이 우글쭈글해지다라는 뜻까지 떠올릴 수 있습니다. 그야말로 '울다'의 재발견이죠.

자, 여기까지가 단어 스무고개 기본 편이었다면 심화 과정은 문장 짓기까지 시도해봅니다. 내가 설명한 정의의 예문을 각각 지어보는 훈련입니다.

기본: '울다' 단어 설명하기

1. 동사입니다.

2. 슬플 때 하는 행동입니다.

3. 두려워도 이 행동을 합니다.

4. 음식이 매워도 이 행동을 합니다.

5. 때로는 너무 기뻐도 합니다.

6. 풀벌레가 하는 행동입니다.

7. 새도 이 행동을 합니다.

8. 벽지의 상태를 나타내기도 합니다.

9. 바느질을 한 부분이 우글쭈글한 상태를 말합니다.

10. 아기가 자주 하는 행동입니다.

심화: '울다' 단어 설명에 맞는 문장 짓기

2*. 이제 다시는 볼 수 없다는 말에 엉엉 울었다.

3*. '귀신의 집'에 들어간 꼬마가 울면서 나왔다.

4*. 겁 없이 청양고추를 크게 베어 물었다가 울고 말았다.

5*. 수상 소식을 듣고 울음을 터뜨렸다.

6*. 가을이면 귀뚜라미 우는 소리가 듣기 좋다.

7*. 아침마다 새 우는 소리에 잠에서 깼다.

8*. 여름이 되니 새로 바른 벽지가 운다.

9*. 셔츠를 꿰맨 자리가 운다.

10*. 배가 고픈지 아기가 운다.

단어 스무고개로 설명한 의미에 걸맞게 각각 문장을 지어보면서 단어가 어떤 상황에서 주로 쓰이는지 확실하게 각인할 수 있습니다. 초등학생 자녀가 있다면 함께 해봐도 좋겠죠?

1. 다음 단어 중 하나를 골라 열 고개로 설명해보자. (최소 다섯 고개 이상 도전!)

☐ 담백하다 ☐ 어설프다 ☐ 무겁다

1	6
2	7
3	8
4	9
5	10

2. 단어를 설명한 뜻이 잘 드러나도록 문장을 지어보자.

예) 담백하다: 음식의 맛을 표현할 때 쓰는 말입니다.

→ 할머니가 무쳐주신 나물은 담백해서 자꾸만 손이 갔다.

PT 19회 차

그리면서 떠올리는 마인드맵 어휘 훈련

길을 걷다가 누가 나를 부르며 반갑게 인사하는데, 상대방의 이름이 기억나지 않습니다. 난감한 상황이죠. 그럴 수 있습니다. 실제로 뇌는 글자보다 이미지를 더 잘 기억한답니다. 이미지를 기억할 때는 형태, 색상, 입체적인 구조 등 글자를 기억할 때보다 훨씬 더 다양한 뇌 영역을 사용하기 때문입니다.

글밥 코치가 초등학생 대상으로 그림책 수업을 할 때였어요. 저학년 친구들에게 생각을 글로 표현해보라고 하면 무척 힘들어합니다. 아직 문장을 짓는 능력이나 맞춤법이 서툴러서죠. 하지만 그림으로 표현해보라고 하면 자신감이 넘칩니다. 예를 들어, '시름시름'이라는 단어를 국어사전에서 찾아본 후 관련 그림을 그려보라고 하면 누군가는 침대에 누워 있는 사람을, 누군가는 약을 먹는 그림을 쉽게 그려냅니다. 단어를 들었을 때 연상되는 이미지를 그리면서 자신만의 언어로 표현하는 겁니다.

이미지가 텍스트보다 더 기억되기 쉬운 현상을 그림 우월성 효과

(picture superiority effect)라고 하는데요. 캐나다의 인지심리학자 앨런 파이비오가 실험을 통해 증명했습니다. 일반적으로 이미지를 사용하면 그렇지 않을 때보다 기억력이 더 강화되고, 정보가 더 잘 인식되며, 장기 기억에 도움이 된다고 합니다.

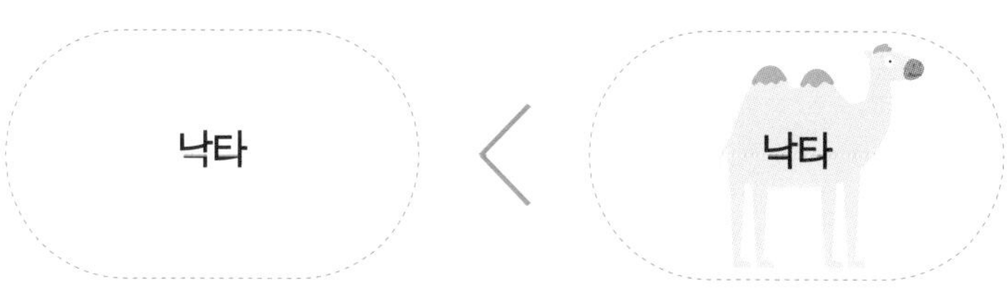

단어와 이미지가 함께 있으면 더 잘 기억된다

이미지의 위력을 조상께서도 잘 알고 계셨던 모양입니다. 퇴계 이황은 1568년, 당시 열일곱이었던 선조 임금에게 충심을 다해 《성학십도(聖學十圖)》를 만들어 바쳤습니다.

《성학십도》는 성리학의 핵심 내용을 열 폭의 그림으로 나타낸 것인데요. 도표 형식의 그림과 그에 대한 해설을 담은 일종의 성리학 교육책입니다. 글에 그림이 갖는 시각적 효과를 더해 직관적인 이해를 돕도록 한 것이죠.

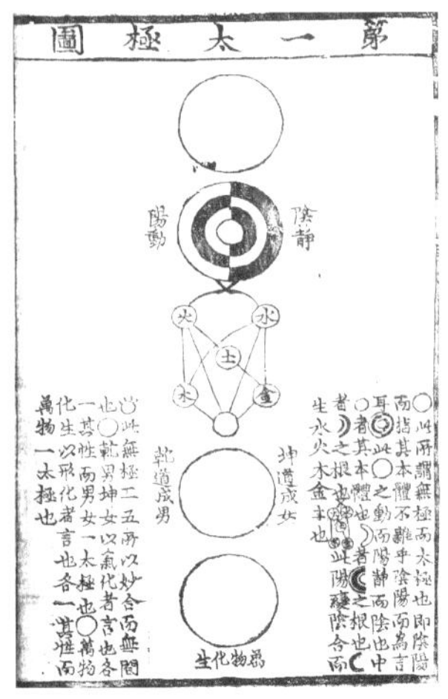

성학십도의 태극도(©한국학중앙연구원)

이 정도면 시각화의 효과를 충분히 알았으리라 믿고, 이제 응용해봅시다. 토니 부잔이 창시한 '마인드맵(mindmap)'을 단어 학습에 활용해보는 겁니다. 그림을 그려가며 생각을 정리하는 마인드맵은 글의 구조를 짜거나 도식화할 때도 유용하지만 유의어를 학습할 때도 활용할 수 있습니다.

1. 마인드맵 어휘 훈련법: 유의어 떠올리기

예를 들어, '죽다'라는 단어를 주제어로 놓고 가지를 하나하나 뻗어가면서 유의어를 떠올려봅니다. '사망하다', '돌아가다', '소천하다', '작고하다', '별세하다' 등이 생각나네요. 어느 정도 유의어를 떠

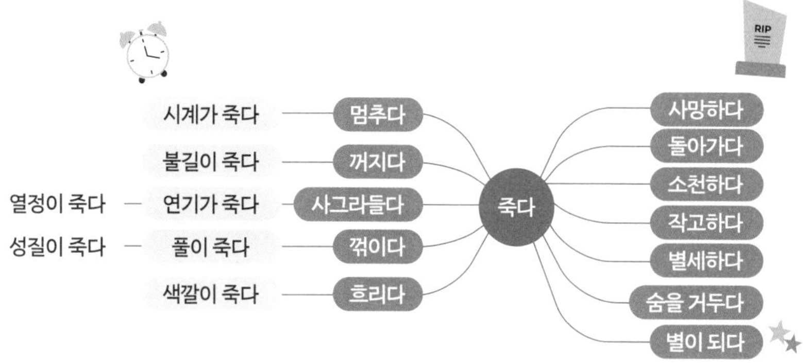

올렸다면 '목숨이 끊어지는 것' 외에도 '죽다'가 품는 다른 의미가 있는지도 고민해봅니다. 시계 건전지가 다 되어 멈추었을 때도 '시계가 죽었네' 하고 말하죠. 의기양양했던 사람이 주눅 든 모습을 '풀이 죽었다'라고 표현하기도 합니다. 이처럼 '죽다'와 비슷한 단어를 다양하게 골몰해보고, 간단하게 예문까지 지어봅니다. 옆에는 각각을 상징하는 그림을 그려 넣으면 더 좋겠죠.

유의어 떠올리기 외에도 마인드맵으로 어휘 훈련을 하는 방법은 무궁무진합니다. 가령, 주제어와 관련 단어들을 쭉 써나가면서 그동안 잊고 살던 단어를 기억 속에서 끄집어낼 수 있습니다. 자전거 바퀴가 녹이 슬지 않도록 한 번씩 기름칠해주듯, 잠들어 있던 단어를 한 번씩 흔들어 깨우는 것이죠. 혈관처럼 뻗어 있는 단어 마인드맵을 차분히 바라보면 글쓰기 영감이나 아이디어가 떠오르기도 합니다.

2. 마인드맵 어휘 훈련법: 관련어 떠올리기

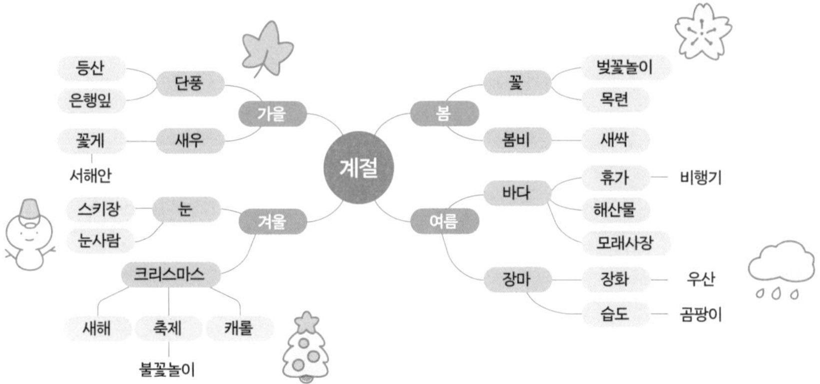

'계절'이라는 단어를 주제어로 설정하고, 연상되는 관련 단어를 작성해봅니다. 여름은 계절의 관련 단어이고, 장마는 여름의 관련 단어겠죠. 장화는 장마의 관련 단어입니다. 이전 단계에서 작성한 단어를 기반으로, 새로운 관련 단어를 추가하면서 마인드맵을 계속 확장해나갑니다. '여름'으로 어디까지 생각이 뻗어나갈 수 있는지 궁금하지 않은가요? 이때도 역시 그림을 그리면서 하면 재미있고 집중도 잘되겠죠.

눈치가 빠르다면, 위 마인드맵에 나온 단어들이 모두 '명사'라는 사실을 눈치챘을 거예요. 이처럼 관련 단어를 펼쳐나갈 때 특정한 '기준'을 세워 적용해보세요. 적절한 제한은 창의력의 발로가 됩니다.

3. 마인드맵 어휘 훈련법: 기준 더하기

품사별	계절 활동별
명사: 봄, 여름, 가을, 겨울, 사계 **동사:** 변하다, 지나가다, 돌아오다, 순환하다, 바뀌다 **형용사:** 따뜻한, 서늘한, 건조한, 습한 **부사:** 활짝, 철썩, 알록달록, 펑펑	**봄:** 벚꽃놀이, 소풍, 캠핑, 산책 **여름:** 수영, 서핑, 수상스키, 래프팅 **가을:** 등산, 단풍놀이, 추수, 축제 **겨울:** 스키, 눈썰매, 눈싸움, 온천

이처럼 특정 주제와 관련된 단어들을 떠올리다 보면 그 단어가 쓰이는 상황과 맥락을 더 잘 이해하게 되어 새로운 단어를 기존 어휘에 편입하기도 쉽습니다. 또, 기준을 두고 범주화하는 훈련은 단어 간의 상하위 개념을 파악하는 일이므로 개념의 위계를 자연스럽게 습득하죠. 이제 종이와 연필을 꺼낼 차례입니다. 그림을 그려야 하니 색연필이 더 좋겠네요.

오늘의 PT

다음 주제어 중에 하나를 골라 마인드맵을 그리며 어휘를 확장해보자. (유의어/관련어 떠올리기 중 고르기)

□ 살다 □ 작다 □ 수다 □ 인생 □ 물

• 유의어 떠올리기

• 관련어 떠올리기

틀리면 안 되는 최소한의 띄어쓰기

맞춤법 중에서 가장 골치 아픈 것이 띄어쓰기 아닐까요. 워낙 헷갈리기도 하고, 일반적인 규칙에서 벗어나는 조항이 많아서 외울 수도 없고요. 조금 틀려도 맞춤법처럼 크게 티가 나지도 않아 엄격하게 따지지 않는 편입니다. 그렇기에 도리어 '고급 어휘'를 구사하고 싶은 사람에게는 차별점이 되겠죠?

글을 쓸 때 띄어쓰기를 지켜야 하는 이유는 무엇일까요? 형식의미를위해?답답해보이니까?가장중요한이유는읽기를편하게하고뜻을정확하게전달하기위해서입니다. 앞 문장을 힘겹게 읽었다면 바로 이해하겠죠. 우리나라에서 가장 유명한 예문이 있습니다.

• 아버지 가방에 들어가신다. vs 아버지가 방에 들어가신다.

띄어쓰기를 틀리면 의미가 완전히 달라진다는 것을 보여주는 대표적인 문장인데요. 하지만 조금만 더 깊이 생각하면 띄어쓰기를 틀린 첫 번째 문장도 오해하지 않을 것입니다. 일반적으로 사람이 가방에 들어가는 상황은 상식적이지 않으니까요. 하지만 띄어쓰기에 따라 뜻이 달라지고 그것을 쉽게 알아차리기 힘든 경우도 분명히 있습니다.

- 이따가 서울대 공원에서 만나자. vs 이따가 서울 대공원에서 만나자.
- 오랫동안 배우신 분이라 그럴 거야. vs 오랫동안 배우 신분이라 그럴 거야.

띄어쓰기를 잘못하면, 서울대 안에 있는 공원에서 만나자는 뜻이었는데 친구를 과천시에 있는 '서울 대공원'으로 보내버릴 수도 있습니다. 애먼 사람의 직업을 한순간에 배우로 둔갑시킬 수도 있고요.

한글 맞춤법은 전체 57개 항 중 11개 항에서 띄어쓰기에 관한 규정을 두고 있는데요. 한글 맞춤법 제2항에 따르면 '문장의 각 단어는 띄어 씀을 원칙으로 한다'라고 나옵니다. 그렇다면 '단어'란 무엇인지부터 알아야겠죠. 단어란 '자립적으로 쓰이는 말의 단위'입니다. 그런데 자립적으로 쓰인다는 말은 또 무슨 뜻인지 궁금합니다.

'여러 가지'와 '여러가지' 중 무엇이 올바른 띄어쓰기일까요? '여러'가 단어인지 확인하려면, 즉 자립적으로 쓰이는지 확인하려면 '가지' 외에도 다른 단어를 붙여보면 됩니다. '여러 곳, 여러 가구, 여러 나라, 여러 마리, 여러 차례' 등이 다양한 단어와 어울릴 수 있죠.

그러니 '여러'는 자립적인 단어입니다. 각 단어는 띄어 쓰는 것이 원칙이라고 했으니 '여러'와 '가지'를 띄어서 '여러 가지'로 씁니다.

가령, '몇년전부터'는 놀랍게도 '몇 년 전부터'로 두 군데나 띄어서 씁니다. '몇'과 '년'과 '전'은 각각 뜻을 가진 명사이기 때문입니다. '부터'는 왜 띄어 쓰지 않느냐고요? 조사는 앞 단어와 붙여 쓴다는 맞춤법 조항이 있습니다. '부터'는 어떤 일이나 상태 따위에 관련된 범위의 시작임을 나타내는 조사죠.

띄어 써야 하는 단어를 하나만 더 알아둡시다. '의존명사'입니다. 의존명사란 다른 말에 기대어 쓰이는 명사를 말합니다. 대표적으로 것, 뿐, 따름, 만큼, 체 등이 있죠. '말한 것', '했을 뿐', '추측일 따름', '아는 만큼', '모르는 체' 식으로 띄어 씁니다. 물건의 개수나 분량을 나타내는 개, 자루, 켤레 등도 단독으로는 쓰이지 않고 숫자나 수량을 나타내는 말 뒤에 붙어 쓰이는데요. 이런 단위 의존명사도 앞말과 띄어서 '사과 한 개', '연필 두 자루', '운동화 세 켤레'와 같이 써야 합니다(아라비아 숫자 뒤에 오는 경우는 붙일 수 있는 등 예외도 있어요).

최소한의 띄어쓰기

1. 각 단어(의존명사 포함)는 띄어 쓴다 - 한글 맞춤법 제2항(제42항)

2. 조사는 그 앞말에 붙여 쓴다 - 한글 맞춤법 제41항

그런데, 헷갈리는 경우가 있습니다. '맨발'과 '맨손'은 띄어 쓰지 않지만 '맨 끝'은 띄어서 쓰는데요. 이유가 무엇일까요?

- 맨발로 산책을 하니 기분이 상쾌하다.
- 맨손으로 유리를 만지면 다칠 수도 있다.
- 건물 맨 끝으로 가면 화장실이 나온다.

'맨'의 품사가 다르기 때문입니다. '맨발'과 '맨손'에 붙은 '맨-'은 접사로서 홀로 쓰일 수 없고 다른 단어에 '다른 것이 없는'이라는 뜻을 더합니다. 맨발과 맨손은 접두사가 붙은 파생어로 한 단어입니다. 반면 '맨 끝' 앞에 붙은 '맨'은 '가장, 제일'이라는 뜻을 지닌 관형사로 독립적인 단어라 띄어서 씁니다. 자주 틀리는 띄어쓰기는 복잡하게 따지기보다 그냥 외우는 게 쉽습니다.

붙여쓰기	띄어쓰기
나 조차 → **나조차**	몇가지 → **몇 가지**
나 처럼 → **나처럼**	몇명 → **몇 명**
학생 입니다 → **학생입니다**	이용중에 → **이용 중에**
안 됐다 → **안됐다**(*애석, 언짢음)	쓰기전에 → **쓰기 전에**
파악 할 → **파악할**	안돼 → **안 돼**(*부정)
할 때 마다 → **할 때마다**	월매출 → **월 매출**
할 수록 → **할수록**	첫번째 → **첫 번째**
인형 같이 → **인형같이**	학용품등을 → **학용품 등을**
확인 할 → **확인할**	열심히하면 → **열심히 하면**

자주 틀리는 띄어쓰기

가장 효과적인 띄어쓰기 공부법은?

'최소한의 띄어쓰기'와 '자주 틀리는 띄어쓰기'는 얼마 안 되니 기억해둔다 쳐도, 수많은 예외 조항이 있는 다른 띄어쓰기들은 어떻게 외워야 할까요? 이 문제를 글밥 코치도 오랫동안 고민했는데 어느 순간 자연스레 해결되었습니다. 글을 꾸준히 쓰다 보면 띄어쓰기가 몸에 익습니다. 저는 보통 글을 쓸 때 한글이나 워드와 같은 문서 작성 프로그램에 초안을 작성하는데요. 일부러 맞춤법이나 띄어쓰기가 틀리면 빨간 밑줄이 쳐지도록 '맞춤법 검사' 기능을 켜두었습니다. 글을 쓰다가 빨간색 밑줄이 생기면 백스페이스키를 눌러 수정하는데, 자주 틀리는 띄어쓰기는 수정을 되풀이하다 보니 올바른 띄어쓰기가 저절로 외워지더군요.

1. 다음 문장에 띄어쓰기 표시를 해보자.

철창틈에낀팔을빼내려면주먹안에쥔초콜릿부터내려놓아야합니다. 달콤한 유혹을움켜쥔채내가바라는걸전부이루고자하는건욕심이죠. 철창에서손을 빼내는순간알게될거예요. 초콜릿보다더풍미가있고몸에좋은음식이세상에 널려있다는사실을요.

☞ 정답은 김선영의 《어른의 문해력》 에필로그에서 확인 ☺

2. 오늘 아침에 있었던 일을 떠올리고 띄어쓰기를 지켜서 써보자.

아	침	에		눈	을		뜨	자	마
자		가	장		먼	저		한	
일	은								

PT 21회 차

단어 보물찾기 : 잊고 지내던 단어와 만나는 법

지금 바로 좋아하는 음식 10개를 써보세요. 어렵지 않죠? 떡볶이, 김치찌개, 삼겹살, 김밥, 치킨, 해물찜, 커피와 달달한 케이크……. 지체 없이 줄줄 나옵니다. 10개뿐인가요, 100개도 쓰겠습니다. 평소에 자주 접하기 때문이겠죠.

반면 '아름다운 단어' 10개가 무엇이냐고 물으면 어떤가요? 당황스럽죠, 단어가 아름답다니. 아름답다고 생각하는 단어만 따로 떠올려본 적은 없을 테니까요. 새로운 단어를 익히는 일도 중요하지만, 기존에 알던 단어 속에 숨어 있는 특색도 캐내보세요. 나의 어휘 세계가 풍요로워집니다.

언제나 그렇듯, 기준부터 정하면 쉽습니다. 아름다움의 기준은 무엇일까요? 만약 아름다운 단어로 '꽃'이나 '보석'을 꼽았다면 단어가 지칭하는 대상의 겉모습이 중요한 기준으로 작용했겠죠. '엄마'라는 단어를 떠올렸다면 '관계'에 주목했다는 뜻이고요. 아름다움의 기준이 '글자의 형태'나 '발음'이 될 수도 있습니다. 예를 들어,

2023년에 여자아이의 이름으로 서아, 이서, 아윤, 지아가 남자아이는 이준, 하준, 도윤, 은우 순으로 인기가 있었다는데요. 단어에 보통 '이응'이 들어가고 발음하기 쉽다는 공통점이 있습니다. 아이의 이름을 고민하던 부모들이 발음의 아름다움을 발견한 것은 아닐까요.

단어를 가장 섬세하게 만지는 사람, 시인은 어떤 단어를 아름답다고 여길까요. 김수영 시인이 꼽은 단어들을 살펴볼까요?

• 마수걸이, 에누리, 군것질, 총채, 글방, 서산대, 부싯돌, 벼룻돌

1960년대에 사용했던 말이라 지금은 낯선 단어도 보입니다. 당시에는 한자어를 훨씬 더 빈번하게 썼을 텐데 순우리말만 골라냈다는 점도 특징입니다. 시인의 아버지가 상인이었던 터라 장사꾼들의 말을 자연스럽게 익혔다는 분석도 있습니다. 시인은 고상함을 따지기보다는 일상에서 흔히(혹은 편하게) 쓰는 말이나 물건을 가치 있게 여겼습니다. 이처럼 선호하는 단어를 살피면 그 사람의 성품과 역사가 보입니다.

한국어와 한국문화 보급에 힘쓰는 세종학당재단에서는 외국인을 대상으로 '내가 사랑하는 한글 단어'를 조사하기도 했는데요.• 1위

• 2020년 574돌 한글날을 기념해 76개국 213개 세종학당 학습자를 대상으로 실시된 조사.

를 차지한 단어는 바로 '사랑'이었습니다. '힘내', '괜찮아'처럼 위로의 말들과 '봄', '꽃', '하늘'처럼 자연을 나타내는 단어도 많은 표를 받았습니다. 외국인이다 보니 아무래도 문화나 개인사를 담은 구체적인 단어보다는 보편적이고 긍정적인 의미의 단어가 많았습니다.

각자 경험에 따라 다르겠지만 누구나 공감하는 보편적인 생각이 있습니다. 기준은 생각에 울타리를 둘러주는 역할을 합니다. 우리도 떠올려볼까요? 글밥 코치가 먼저 선정 기준을 세워서 단어를 10개씩 꼽아보겠습니다.

발음이 예쁜 단어 10개

강물, 연두, 새싹, 오소소, 옴짝달싹, 살결, 단아하다, 소소하다, 파랑, 리듬

무뚝뚝한 단어 10개

시멘트, 딱딱하다, 차단, 건조하다, 메마르다, 침묵, 시큰둥하다, 무채색, 차갑다, 전봇대

시끄러운 단어 10개

공사장, 전통시장, 시끌벅적, 소란, 매미, 찢다, 날카롭다, 비행장, 드릴, 우당탕

가슴이 두근거리는 단어 10개

도전, 여행, 처음, 사랑, 심장, 만남, 출발, 부드럽다, 말랑말랑, 봄

좋아하는 음식을 쓸 때처럼 술술 나오지는 않았지만, 곰곰이 생각해보니 하나둘 떠오르기 시작합니다. 평소에 자주 쓰는 단어가 아닌 것도 있습니다. 어떤 기준을 잡고 그에 맞는 단어를 떠올려 써보는 과정에 잊고 지내던 단어와 재회합니다. '맞아, 이런 단어도 있었지.' 오랫동안 소식이 끊긴 친구를 만난 것처럼 반가운 기분도 듭니다.

어릴 때 소풍 가면 꼭 하는 놀이가 '보물찾기'였어요. 사방이 뚫린 들판에서 보물(보통은 소소한 문방구였죠)이 적힌 종이쪽지를 찾아내는 일은 쉽지 않았는데요. 게다가 경쟁자까지 있으니 애가 달았죠. 기억 속에 꼭꼭 숨어 있는 단어를 보물찾기하듯 찾아보세요. 나뭇가지 사이, 바위틈, 조약돌 밑까지 샅샅이 뒤지다 보면 보물처럼 귀한 단어를 찾아낼 겁니다. 다행인 점은 '단어 보물찾기'에는 경쟁자나 제한 시간이 없다는 점! 누가 내 단어를 빼앗아 가지 않으니 천천히 시간을 두고 찾아보세요.

1. '다정다감한 단어' 5개를 써보자.

2. 'OOO한 단어'의 기준을 스스로 정한 후 10개를 써보자.

미묘함을 만드는 조사

- 걔가 공부는 잘하더라.
- 혜지가 얼굴은 예쁘지.
- 너는 글은 참 잘 써.

분명 칭찬인데 묘하게 기분이 상하는 말이 있습니다. 내용은 칭찬인데 한정의 의미로 쓰이는 조사 '은'이 붙으면서 부정적인 어감이 형성된 것이죠. '조사'란 체언(명사, 대명사, 수사) 따위에 붙어서 그 말과 다른 말과의 관계를 나타내거나 특별한 뜻을 더해주는 품사입니다. 조사 한 글자의 힘이 참 대단하죠. 따로 설명하지 않아도 한국 사람이라면 "공부는 잘하더라"와 "공부를 잘하더라", "공부도 잘하더라"의 뉘앙스 차이를 구별합니다. 그렇다면 아래 문장들은 어떤가요?

미묘한 차이를 만드는 조사

①	②
• 수박은 달다. • 수박이 달다	• 거리에 비둘기들이 모여 있다. • 거리에서 비둘기들이 푸드덕거렸다.

각각 어떤 차이가 있는지 느껴지나요? 왜 비슷한 뜻인데 조사를 달리 쓰는 걸까요? 이번 시간에는 몇몇 조사가 만들어내는 미묘한 차이를 살펴봅니다. 잘 알아두면, 말하거나 글을 쓸 때 좀 더 섬세하게 표현하는 사람이 될 거예요.

①번에 '수박(은) 달다'라는 문장은 일반적으로 수박이라는 과일은 단맛이 있다는 뜻이고, '수박(이) 달다'라는 문장은 특정 수박(*지금 먹고 있는 등)을 강조하는 의미가 덧붙습니다. '은/는'은 주로 일반적인 설명을 할 때 쓰이고, '이/가'는 현재의 상태나 동작을 보여줄 때 더 어울리기 때문입니다. '커피(는) 맛있다'라는 말은 평소 기호를 보여주지만 '커피(가) 맛있다'라는 말은 특정 커피(*내 앞에 놓인 등)를 지칭하는 것처럼 현장감이 생기지요.

대체로 '은/는'은 논리적이고 '이/가'는 감각적입니다. 그러므로 설명하거나 의견을 전할 때는 전자를, 경험하는 상황을 묘사하고 싶을 때는 후자를 쓰면 원하는 뉘앙스를 살리기 좋습니다. 물론 절대적인 규칙은 아닙니다. 맥락을 고려해야겠죠.

논리적인 '은/는' vs 감각적인 '이/가'

- 컴퓨터는 복잡한 계산을 빠르게 한다. (→ 논리: 컴퓨터의 특징을 설명)
- 컴퓨터가 갑자기 꺼졌다. (→ 감각: 컴퓨터를 하던 상황을 묘사)

- 꿩은 큰 소리로 운다. (→ 논리: 꿩 울음소리의 특징을 설명)
- 꿩이 '꿩~ 꿩~' 하고 운다. (→ 감각: 울고 있는 꿩 울음소리를 청각적으로 묘사)

- 여름은 덥고 불쾌하다. (→ 논리: 여름의 특징을 설명, 여름에 대한 의견)
- 해가 서서히 지고 있다. (→ 감각: 해가 지는 상황을 시각적으로 묘사)

조사의 뉘앙스 차이를 보여주는 유명한 일화가 있죠. 김훈 작가는 《칼의 노래》 첫 문장을 원래는 '버려진 섬마다 꽃(은) 피었다'로 썼는데, 몇 날 며칠 고민 끝에 '버려진 섬마다 꽃(이) 피었다'로 고쳤다고 합니다. 조사 '이'가 눈에 보이는 대로 객관적인 상황을 묘사하는 데 더 걸맞다고 판단했기 때문이죠. '버려진 섬마다 꽃(은) 피었다'라는 문장은 다른 것과 대조하는 느낌을 주거나 '전쟁 중에도 꽃은 기어이 피고 말았다'라는 화자의 주관적인 해석이 들어간 것처럼 보일 수도 있을 테니까요. 작가는 소설에서 독자들에게 '설명하는' 대신 '보여주는' 방식을 택했습니다.

②번으로 가볼까요. 장소 뒤에 붙는 격조사 '에'와 '에서'의 차이입니다. 보통 '현수는 학교에 갔다'와 '현수는 학교에서 왔다'처럼,

앞말이 목적지가 되느냐 출발지가 되느냐를 구분해주는 역할을 하는데 ②번은 좀 다릅니다. 똑같이 비둘기가 있는 풍경인데 조사를 '에'와 '에서'로 달리 쓴 데에는 까닭이 있습니다. '거리(에) 비둘기들이 모여 있다'라는 문장은 사실 자체를 그대로 전달하는 중립적인 문장입니다. '거리(에서) 비둘기들이 푸드덕거렸다'라는 문장에서는 비둘기들의 움직임이 있습니다. 일반적으로 활동성이 있는 상황에서는 조사 '에'보다 '에서'가 더 잘 어울립니다.

에(정적)	vs 에서(동적)
• 그는 바닷가에 앉아 있었다.	• 그는 바닷가에서 물고기를 잡았다.
• 산골 마을에 교회가 하나 있다.	• 산골 마을에서 운동회가 열렸다.
• 약국에 약 종류가 많다.	• 약국에서 감기약을 지었다.
• 그녀는 홀로 무대에 섰다.	• 그는 무대에서 막춤을 췄다.
• 동물원에 코뿔소가 있다.	• 동물원에서 당나귀에게 먹이를 줬다.

다음 문장의 조사를 바꿔서 설명은 묘사로, 묘사는 설명으로 바꿔보자.

• 고양이는 야행성 동물이다. (→ 고양이가)

• 집에 들어오자마자 비가 쏟아졌다. (→ 비는)

• 내 동생은 음식을 많이 먹는다. (→ 내 동생이)

정답 예)

• 고양이가 어둠 속에서 다가왔다.
• 비는 식물에 도움이 된다.
• 내 동생이 피자 한 판을 다 먹었다.

PT 23회 차

금지어 지정해서 일기 쓰기

글쓰기 수업에 오신 분들께 어떤 글을 쓰는지 물어보면 '가끔 일기만 쓰고 있다'라며 쑥스러워하시는 분이 많습니다. 아직 남들 앞에 글을 내놓을 용기는 없고 혼자서 가슴속에 있는 말을 조심스레 꺼내어보는 것이죠. 글쓰기가 낯설고 두렵다면 진입장벽이 낮은 일기부터 시작하는 것도 좋은 방안입니다.

그렇지만 일기를 오래 쓴다고 글이 나아지진 않습니다. 일기는 내가 보기 위한 기록입니다. 굳이 더 나은 어휘나 문장을 고민할 필요가 없죠. 늘 사용하는 어휘로 하루 동안 일어난 일들을 늘어놓을 따름입니다. 그런데 일기를 쓰면서 어휘력까지 챙기는 비법이 있습니다.

바로, '금지어'를 지정해서 일기를 쓰는 건데요. 말 그대로 글을 쓸 때 '특정 단어'는 쓰지 않겠다고 제한을 걸어두는 것을 뜻합니다. 인터넷 커뮤니티나 소셜 미디어에서 선정적이거나 폭력적인 성격의 특정 단어를 필터링해서 노출하지 않듯이 말이죠. 어느 초등학교 교실에서는 비속어 사용을 줄이기 위해 '우리 반 금지어'를 정했다는 소식을 듣기도 했는데요. 온라인을 넘어 현실 세계까지 금지어가 필요하다니 서글프기도 합니다.

금지어를 지정해야 하는 까닭은 안타깝지만, 결과는 아름답습니다. 잘못된 것을 인지하고 더 좋은 방향을 모색하게 하니까요. 일기에 쓰는 단어에도 금지어를 지정해보세요. 누구나 말을 할 때 습관적으로 자주 붙이는 단어가 있는데요. 우스갯소리로 한국 사람이 가장 많이 쓰는 단어가 '헐, 대박, 진짜, 솔직히, 인간적으로'라는 말도 있잖아요. 글을 쓸 때도 내가 자주 쓰는 단어가 분명히 있습니다. 다음 일기를 훔쳐봅시다.

10월 2일(일) 맑음

추석 하루 전날, 남편과 시골집으로 향했다. 새벽 일찍 출발하려고 했는데 둘 다 늦잠을 자는 바람에 아침 9시가 넘어서 출발했다. 예상은 했지만 차가 굉장히 막혀서 평소 걸리는 시간의 세 배나 걸렸다. 허리가 너무 아프고 좀이 쑤셨지만 이 또한 명절 분위기라고 생각하니 그런대로 괜찮았다. 차 안에서 음악을 듣고 책을 읽으면서(잠도 자고) 어서 도착하기만을 애타게 바랐다. 쉬지도 못하고 종일 운전을 한 남편은 얼마나 힘들었을까.

시골집 문을 열자 가장 먼저 백구가 꼬리를 격하게 치며 우릴 반겼다. 어머님께서 웃는 얼굴로 얼른 들어오라며 맞아주셨다. 떡갈비와 전, 잡채…… 맛있는 명절 음식을 푸짐하게 차려주셨다. 내가 좋아하는 잡채를 배가 터지도록 실컷 먹었다.

음식을 맛있게 먹고, 근처에서 멀지 않은 관광지를 찾아갔다. 괴산에 수옥정이라는 호수가 있었는데 굉장히 높은 절벽에서 폭포가 힘차게 떨어지는 모습이 장관이었다. 그 앞에서 가족들과 사진을 찍고 시원한 물바람도 맞았다.

근처 카페에서 마신 커피도 너무 맛있었다. 에스프레소에 크림을 올린 차가운 음료였는데 소금이 들어갔는지 짭짤한 맛도 났다. 플랜테리어도 근사했다. 테이블 곳곳마다 내가 좋아하는 다육 식물이 굉장히 많이 놓여 있었다. 맛있는 음식을 먹고 관광지를 구경하고 집으로 돌아와 남은 명절을 빈둥거리며 즐겼다. 다시 일상으로 복귀할 생각을 하면 벌써 마음이 조여오는 것 같다. 시간아, 제발 천천히 좀 가주겠니.

지난 추석 명절에 있었던 일을 떠올려 일기처럼 간단히 끼적여보았는데요. 어떤 단어를 반복적으로 썼는지 발견하셨나요?

자주 쓰는 단어

- 맛있다 4회
- 굉장히 3회
- 먹다 3회
- 음식 3회
- 내가 좋아하는 2회
- 너무 2회
- 근처 2회
- 생각 2회

10월 2일(일) 맑음

추석 하루 전날, 남편과 시골집으로 향했다. 새벽 일찍 출발하려고 했는데 둘 다 늦잠을 자는 바람에 아침 9시가 넘어서 출발했다. 예상은 했지만 차가 **① 굉장히** 막혀서 평소 걸리는 시간의 세 배나 걸렸다. 허리가 **① 너무** 아프고 좀이 쑤셨지만 이 또한 명절 분위기라고 **① 생각**하니 그런대로 괜찮았다. 차 안에서 음악을 듣고 책을 읽으면서(잠도 자고) 어서 도착하기만을 바랐다. 쉬지도 못하고 종일 운전을 한 남편은 얼마나 힘들었을까.

시골집 문을 열자 가장 먼저 백구가 꼬리를 격하게 치며 우릴 반겼다. 어머님께서 웃는 얼굴로 얼른 들어오라며 맞아주셨다. 떡갈비와 전, 잡채…… **① 맛있는** 명절 **① 음식**을 푸짐하게 차려주셨다. **① 내가 좋아하는** 잡채를 배가 터지도록 실컷 **① 먹었다**.

② 음식을 **② 맛있게** **② 먹고**, **① 근처**에서 멀지 않은 관광지를 찾아갔다. 괴산에 수옥정이라는 호수가 있었는데 **② 굉장히** 높은 절벽에서 폭포가 힘차게 떨어지는 모습이 장관이었다. 그 앞에서 가족들과 사진을 찍고 시원한 물바람도 맞았다.

② 근처 카페에서 마신 커피도 **② 너무** **③ 맛있었다**. 에스프레소에 크림을 올린 차가운 음료였는데 소금이 들어갔는지 짭짤한 맛도 났다. 플랜테리어도 근사했다. 테이블 곳곳마다 **② 내가 좋아하는** 다육 식물이 **③ 굉장히** 많이 놓여 있었다. **④ 맛있는** **③ 음식**을 **③ 먹고** 관광지를 구경하고 집으로 돌아와 남은 명절을 빈둥거리며 즐겼다. 다시 일상으로 복귀할 **② 생각**을 하면 벌써 마음이 조여오는 것 같다. 시간아, 제발 천천히 좀 가주겠니.

쓸 때는 의식하지 않고 쭉 쓰다가 글을 마무리 지은 후 다시 읽어 보면 눈에 자주 띄는 단어가 보입니다.

물론 글의 소재(상황)에 따라 어쩔 수 없이 자주 쓰게 되는 단어가 있습니다. 식사 장면을 이야기하려면 아무래도 '먹다', '맛있다'와 같은 동사가 자주 나올 테고, 느낌을 강조하려면 '너무', '정말', '굉장히'와 같은 부사가 자주 등장할 겁니다. 그것이 잘못된 것은 아니지만 어휘력을 키우겠다는 의지로 다시 한번 고민해보자는 거죠. 중복으로 사용한 단어는 금지어로 지정하고 다른 표현을 떠올려봅니다. 그동안 고민을 안 해서 그렇지, 조금만 머리를 굴리다 보면 새로운 단어들이 우르르 쏟아집니다.

금지어: '맛있다', '굉장히'

① 맛있다

• 맛있는 명절 음식을 푸짐하게 차려주셨다.

→ 맛깔스러운 / 귀한 / 먹음직스러운 / 정성이 가득한 / 정갈한

• 음식을 맛있게 먹고

→ 신나게 / 허겁지겁 / 충분히 / 만족스럽게 / 원 없이

• 카페에서 마신 커피도 너무 맛있었다.

→ 완벽했다 / 내 입맛에 맞았다 / 향긋했다 / 풍미가 좋았다 / 개성 있었다

② 굉장히

• 예상은 했지만 차가 굉장히 막혀서 평소 걸리는 시간의 세 배나 걸렸다.

→ 심각하게 / 끔찍하게 / 대단히 / 몹시 / 하도

• 굉장히 높은 절벽에서 폭포가 힘차게 떨어지는 모습이 장관이었다.

→ 아찔하게 / 어마어마하게 / 고개를 뒤로 젖혀야 보일 정도로 / 끝이 보

이지 않는

• 다육 식물이 광장히 많이 놓여 있었다.

→ 무수하게 / 장식품처럼 / 경쟁하듯 / 빼곡하게

꼭 금지어로 지정된 단어의 유의어만 써야 하는 것은 아닙니다. 금지어 대신 다른 표현을 고민하다 보면 맥락에 좀 더 잘 맞는, 혹은 창의적인 표현이 나올 수 있습니다. '맛있다', '굉장히'로 뭉뚱그렸던 단어를 이처럼 다양하게 묘사할 수 있다니, 놀랍지 않은가요? 습관적으로 사용한 단어에서 벗어나는 것만으로도 글이 달라진다는 뜻이에요. 어휘력을 키우는 연습은 이처럼 평소 쓰는 글에서부터 시작합니다.

1. 앞의 일기에 나왔던 자주 쓰는 단어 중 2개를 골라 금지어로 지정하고 다른 표현으로 바꿔보자. ('맛있다', '굉장히'는 제외!)

☞ 금지어: __________, __________

2. 오늘(혹은 어제)의 일기를 1,000자 이상 작성해보자. 두 번 이상 사용한 단어를 금지어로 지정하고 다른 표현으로 바꿔보자.

PT 24회 차

시키지 말고 당하지 않기 : 사소하지만 사소하지 않은 것들

'작은 차이가 명품을 만든다'라는 광고 문구를 기억하나요? '프로와 아마추어의 차이는 디테일에 있다'라는 말도 있죠. 어휘력도 사소한 부분에서 판가름이 납니다. 내 글이 어딘지 모르게 어설프다면 가볍게 넘긴 부분은 없는지 점검해볼 때입니다. 살짝 매만져주기만 해도 정확하고 고급스러운 문장으로 거듭납니다. 예문을 살펴볼까요.

예문 A

- 기존 작품에 새로운 아이디어를 접목시켰다.
- 거짓말시키지 말고 솔직하게 털어놔봐.
- 공부는 시험 기간에만 국한시키지 말고 평소에 해두어야 한다.
- 나도 그 친구 좀 소개시켜주면 안 돼?

큰 문제는 없어 보이는 문장입니다. 하지만 어휘 감수성이 예민한 사람이라면 불필요한 사동 표현을 눈치챘을 겁니다. '사동'이란 문장의 주어가 다른 사람에게 동작이나 행동을 하게 하는 동사의 성질을 뜻하는데요. 쉽게 말해 무언가를 '시키는' 것을 말합니다. A 문장의 사동 표현을 풀어볼까요?

A(사동 표현)의 풀이

- 기존 작품에 새로운 아이디어를 접목하게 했다.
- 거짓말하게 하지 말고 솔직하게 털어놔봐.
- 공부는 시험 기간에만 국한하라고 하지 말고 평소에 해두어야 한다.
- 나도 그 친구 좀 소개하게 해주면 안 돼?

문장의 의미가 틀어져버렸죠. 친구를 소개받고 싶다는 뜻이었지, 자신이 그 친구를 소개하고 싶다는 뜻은 아니었을 텐데요. 원래 말하고자 했던 의미에서 멀어져 엉뚱한 문장이 되어버렸습니다. 물론 A처럼 글을 썼다고 못 알아듣지는 않습니다. 하지만 깔끔하고 읽기 편하며 정확한 글을 쓰고 싶다면, 사동 표현은 피하는 게 좋겠죠. B처럼 정갈하게 고쳐 씁니다.

B: A(사동 표현)를 제대로 고쳐 쓴 문장

- 기존 작품에 새로운 아이디어를 접목했다.
- 거짓말하지 말고 솔직하게 털어놔봐.
- 공부는 시험 기간에만 국한하지 말고 평소에 해두어야 한다.

• 나도 그 친구 좀 소개해주면 안 돼?

주차를 '시키'지 말고 주차를 '합'니다. 환기를 '시키'지 말고 그냥 환기'하'면 됩니다. 누군가에게 그 일을 하라고 시키는 게 아니라 내가 직접 한다면 말이죠. 무조건 사동 표현을 쓰면 안 된다는 이야기가 아닙니다. 사동 표현이 필요한 순간도 있으니까요.

나는 두 친구를 화해시켰다.	=	나는 두 친구를 화해하게 했다.
교장 선생님은 국어 선생님을 복직시켰다.	=	교장 선생님은 국어 선생님을 복직하게 했다.
문제가 너무 어려운데 이해시켜 주세요.	=	문제가 너무 어려운데 이해하게 해주세요.
저기 흥분한 취객을 진정시키세요.	=	저기 흥분한 취객을 진정하게 하세요.

사동 표현이 적절한 문장

사동을 써야 하는 상황에서는 '시키다'를 빼버리면 도리어 문장이 이상해집니다. '나는 두 친구를 화해했다', '저기 흥분한 취객을 진정하세요'처럼 비문이 되어버리죠. 사동을 써야 할 때 안 쓰는 경우보다는 안 써야 할 곳에 쓰는 경우가 많으니 후자를 기억해놓으면 됩니다.

불필요한 사동을 쓰는 것만큼 글을 껄끄럽게 만드는 표현이 피동입니다. '피동'은 주어가 다른 주체에 의해서 동작을 당하는 것을 뜻합니다. 반대로 '능동'은 주어가 동작을 스스로 하는 것을 뜻하죠.

피동 표현

밤사이 마을에 함박눈이 내려졌다. 눈 덮인 지붕에서 운치가 느껴졌다. 입속에 머금어진 커피를 천천히 음미했다. 겨울이 끝나가는 것이 아쉬워진다. 나중에 후회되지 않도록 잊히지 않을 추억을 많이 만들어야지.

능동 표현

밤사이 마을에 함박눈이 내렸다. 눈 덮인 지붕이 운치 있었다. 커피를 입속에 머금고 천천히 음미했다. 겨울이 끝나가니 아쉬운 기분이 든다. 나중에 후회하지 않도록 잊지 못할 추억을 많이 만들어야지.

피동형과 능동형 중에 어느 편이 더 잘 쓴 글처럼 보이나요? 대개 능동형 글을 선호합니다. 정지용 시인의 시구 '그곳이 차마 꿈엔들 잊힐리야'처럼 문학적인 효과를 주고자 일부러 사용하는 것이 아니라면, 보통 능동적인 표현이 더 잘 읽히고 생생한 느낌을 줍니다. 그러니 특별한 의도가 있는 것이 아니라면 능동 표현을 기본으로 두고 문장을 쓰면 자연스럽습니다.

글쓰기도 습관인지라 피동형으로 쓰던 글 습관을 하루아침에 고치기는 쉽지 않은데요. 그럴 땐 글을 우선 편안하게 다 쓴 후, 퇴고할 때 고치면 됩니다. 고쳤을 때 표현이 더 낫게 느껴지면 차차 능동형 문장으로 쓰게 될 것이니 처음부터 너무 걱정하지 않아도 괜찮습니다.

그렇다면 '시키는 사동'과 '당하는 피동'은 왜 자꾸 쓰게 되는 걸까요. 사동은 보통 상황을 강조하고 싶을 때 쓰는 경향이 있습니다. '거짓말하지 마라'를 '거짓말시키지 마라'라고 쓰는 것처럼요. 조금 더 어감이 센 느낌이 들어서가 아닐까요. 피동 표현은 보통 자신의 글에 확신이나 자신감이 부족하면 나옵니다. 그래서 신문기사에 '~라고 해석된다', '~라고 전해졌다', '~알려졌다'라는 문장이 자주 나오면 신뢰가 떨어집니다. 사실 확인을 제대로 했는지 의심이 들기 때문입니다. 행여 기사 내용에 오류가 발견되더라도 책임을 회피하고자 하는 의도가 은근슬쩍 숨어 있는 것이죠.

어깨에 힘을 잔뜩 주고 자신이 해야 할 일을 남에게 명령조로 시키는 사람, 눈알을 요리조리 굴리며 숨을 곳을 찾는 사람에게 호감을 느끼는 이는 없을 겁니다. 어휘를 고를 때 사동과 피동 표현을 줄여 보세요. 아주 사소한 변화지만 그 효과는 사소하지 않을 것입니다.

오늘의 PT

다음 문장에서 불필요하게 쓰인 사동과 피동 표현을 자연스럽게 고쳐보자.

- 분위기도 전환시킬 겸 신나는 음악을 틀어볼까.
- 여기는 반려견을 잘 교육시키기로 유명한 곳이야.
- 새 프로젝트에 투입되었다. 곧 회의가 소집되었고 팀원들과의 아이디어가 교환되었다. 작업 분담이 정해지고 각자의 역할이 부여됐다. 우리가 쓴 중간보고서는 팀장님께 검토되었다. 다음 날, 최종 결과물을 발표하는 자리가 마련되었다.

정답 예)

- 분위기도 전환할 겸 신나는 음악을 틀어볼까.
- 여기는 반려견을 잘 교육하기로 유명한 곳이야.
- 새 프로젝트를 시작했다. 곧 회의를 소집했고 팀원들과 아이디어를 교환했다. 작업을 분담하고 각자 역할을 맡았다. 팀장님께서 우리가 쓴 중간보고서를 검토하셨다. 다음 날, 최종 결과물을 발표했다.

보충제

헷갈리기 쉬운 외래어 표기 "도넛일까, 도너츠일까?"

보글보글 끓는 육수에 얇게 저민 고기와 신선한 채소를 살짝 익혀서 먹는 요리, '샤브샤브'는 외국어일까요, 우리말일까요?

우리말은 순우리말, 한자어, 외래어로 이루어져 있습니다. '버스'나 '택시'는 외래어죠. 원래는 외국어였으나 대체할 고유어가 없고 일상적으로 통용되면서 우리말에 속하게 되었습니다. 외래어도 우리말이기 때문에 정해진 어법이 있습니다. '샤브샤브'가 익숙하지만 올바른 표기는 '샤부샤부'가 맞습니다. 시간이 흐른 뒤 '샤브샤브'도 함께 인정될지도 모르겠지만요. 말을 할 때는 "어차피 외래어인데 어때" 하고 넘어갈지라도 글은 기록으로 남는 만큼 가능한 한 규칙대로 표기합니다.

영어를 한글로 적을 때는 발음을 기준으로 하라는데 어렵습니다. 가령, 가운데 구멍이 뚫린 동그란 빵은 도넛일까요, 도우넛일까요, 도너츠일까요? 그게 아니라, 도나스라고요? 특히 'r'처럼 혀로 굴리는 철자가 들어간 단어는 사람마다, 지역마다 발음에 조금씩 차이가 있어서 더욱 헷갈립니다. 그래서 한글 맞춤법에는 '외래어 표기법'이 존재합니다. 만약 외래어 표기법이 없다면 'coffee'를 누구는 커피로, 누구는 코피로 쓸 테니까요.

표기가 헷갈리는 외래어를 모아봤습니다. 무엇이 옳은 표기인지 맞혀보세요. 잘못 알고 있던 것은 이번에 제대로 외워두면 좋겠죠. (정답은 글 마지막에)

다음 중 표준어는?

- 나르시시스트 / 나르시스트
- 내레이션 / 나레이션
- 도넛 / 도너츠 / 도나스 / 도우넛
- 돈까스 / 돈가스
- 매뉴얼 / 메뉴얼
- 메시지 / 메세지
- 바비큐 / 비비큐 / 바베큐
- 부페 / 뷔페
- 소세지 / 소시지

- 슈림프 / 쉬림프
- 스태프 / 스탭
- 스프 / 수프
- 아울렛 / 아웃렛
- 앵콜 / 앙코르
- 어플리케이션 / 애플리케이션
- 팜플릿 / 팜플렛 / 팸플릿
- 케익 / 케이크
- 콘셉트 / 컨셉
- 커닝 / 컨닝
- 카페 / 까페
- 훼밀리 / 패밀리
- 화이팅 / 파이팅
- 휘트니스 / 피트니스

외래어 표기를 틀렸다고 마냥 비판할 수도 없습니다. '자장면'만 표준어로 인정되다가 2011년에 '짜장면'까지 인정된 것처럼 언어는 대중이 쓰는 방향으로 서서히 바뀝니다. 마치 처음에는 수풀로 우거진 산길이었지만 많은 사람이 다니면서 아예 등산로로 지정되어버리는 것처럼요. 하지만 규범은 지켰을 때 비로소 의미가 생깁니다. 어휘력은 규

범에 맞는 언어생활을 할 때 더욱 건강해집니다.

마지막으로 'K'의 남발에 대해서 언급하고 싶습니다. K팝을 시작으로 K-장녀, K-무비와 같은 말들이 줄줄이 생겨났는데요. 심지어 K-국악과 K-김치라는 어휘가 기사화되기도 했습니다. 황교익 칼럼니스트는 국악이나 김치같이 우리가 원조인 단어 앞에 K를 붙이면 우리 문화를 주변부 문화로 위축시키는 부작용이 발생할 수 있다고 염려하기도 했습니다. 저는 이 의견에 공감합니다. 한국 고유의 것에 굳이 K를 붙일 필요가 있을까요. 마치 '진짜 진짜 원조집'이라고 쓰여 있는 간판처럼 우스꽝스러운 느낌이 들고 언어 경제성의 원리에도 어긋납니다. 외래어로 합성어를 만들 때는 신중해야 합니다. 언어는 생각보다 힘이 세기 때문입니다.

☞ **표준어**

나르시시스트 / 내레이션 / 도넛 / 돈가스 / 매뉴얼 / 메시지 / 바비큐 / 뷔페 / 소시지 / 슈림프 / 스태프 / 수프 / 아웃렛 / 앙코르 / 애플리케이션 / 팸플릿 / 케이크 / 콘셉트 / 커닝 / 카페 / 패밀리 / 파이팅 / 피트니스

◀OPEN

WEEK 8~9

5장

지구력

되새기기 훈련

PT 25회 차 기사 읽으며 어휘 민감력 높이기

읽기 훈련 ①

글쓰기는 단어를 끊임없이 떠올리고 선택하는 일입니다. 최적의 단어로 문장을 조립하려는 끈질긴 집착이 좋은 글을 낳습니다. 뜻은 통하는데 어딘지 매끄럽지 않고, 그렇다고 다른 단어로 바꾸기에는 확신이 서지 않는다면 어떻게 해야 할까요?

우선 국어사전에서 단어의 정확한 뜻을 확인한 후 문장을 검토하는 방법이 있겠고요. 그래도 확신이 서지 않으면 이 방법을 써보세요. 인터넷 포털사이트에 2개 이상의 단어를 조합해 검색한 후 뉴스 기사를 살펴보는 것입니다. 그렇게 하면 단어들의 궁합이 좋은지 아닌지, 자주 짝이 되는지 가늠할 수 있으니까요.

예를 들어볼까요. '내부시스템 점검으로 계좌가 중지되었다'라는 문장에서 '중지'와 '정지' 중에 어떤 단어를 써야 할지 고민이 된다면 '계좌 중지'로 먼저 검색한 후 온라인 기사 타이틀이나 본문에 나오는 빈도, 문맥 등을 확인하고 다시 '계좌 정지'로 검색한 뒤에 같은 방식으로 검토해봅니다. 그랬을 때 사용 빈도가 더 높거나 말하고자 하는 바와 비슷한 쪽을 선택하면 비교적 탈이 없습니다.

유의어의 세세한 차이를 알고 싶을 때도 유용합니다. 가령, '여행'과 '관광'은 어떻게 다르게 쓰이는지 궁금하다면 먼저 검색 엔진에 '여행'을 키워드로 넣고 기사 제목들을 쭉 훑어봅니다.

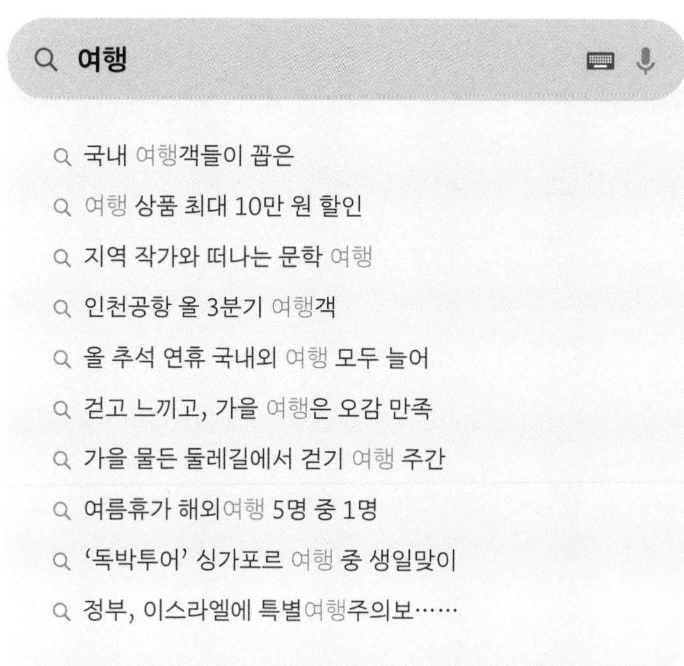

그다음에는 '관광'으로 키워드를 넣고 살펴보는 거죠.

관광

경기관광테마골목 25곳 방문 인증

야간관광은 부산이 최고,

관광지, 공공시설에 전기차 충전소 추가 설치

한국서 '강매' 당하는 관광객들

관광업계 타격

광주 어등산 관광단지

기조연설 하는 칠레 경제개발관광부 장관

150만 명 찾는 동해 관광명소

광양시, 백운산권역 광역관광벨트

단양 도담정원, 새 관광 랜드마크

차이를 발견했나요? 여행은 사적인 상황에서 주로 쓰이고, 관광은 상대적으로 공적인 상황에서 쓰입니다. 굳이 따지자면 여행에서는 사람이 보이고, 관광에서는 장소와 정책이 보입니다. 100% 들어맞지는 않아도 대충 어떤 맥락에서 쓰이는지를 확인할 수 있습니다. 유의어의 차이를 기사 속에서 찾아보는 이유는 어느 정도 길이가 있고 검증된 글이기 때문입니다.

다만, 언론이라고 무조건 신뢰해서는 안 됩니다. 언론매체라는 말이 무색할 정도로 '복사 붙여넣기'를 하는 사이트들도 있으니 출처 확인도 중요합니다. 검색 엔진에서 대략적인 자료조사를 하고, 메이저 언론사 사이트에 들어가서 교차로 검색하는 것도 방법입니다. 수십 년 동안 쌓아온 기록물들에서 '여행'과 '관광' 키워드가 들어간 기사만 추려서 보여주겠죠? 역사가 긴 언론사의 사이트는 그 자체가 어휘 창고인 셈이니까요.

자, 이제 실습해볼 차례입니다. 인터넷 검색창을 열어, 각각 '장소'와 '공간'이라는 단어를 넣었을 때 나오는 뉴스 기사들의 제목을 살펴보세요. 각 단어가 주로 어떤 상황에서 쓰이는지 차이를 찾아봅시다.

PT 26회 차 모르는 분야의 말을 습득하는 법

읽기 훈련 ②

축구 좋아하세요? 저는 어릴 때 축구에 관심이 많았는데요. 중학생 때에는 친구들과 (지금은 사라진) 동대문운동장이며 잠실 종합운동장까지 지하철을 타고 가서 경기를 직관할 만큼 열광했습니다. 그러다 성인이 되어서는 다양한 취미가 생기면서 점점 흥미를 잃었고 나중에는 축구팀 인원이 몇 명인지 헷갈릴 정도로 무지해지더라고요.

그러던 어느 날, 우연히 한 축구선수의 자서전을 읽게 되었습니다. 드라마 같은 인생의 곡절을 따라가며 책에 흠뻑 빠졌습니다. 무슨 뜻인지 모르는 축구 용어는 검색해서 찾아보기도 했고요. 그때 '펠레스코어'라는 말을 처음 알게 됐는데요. 축구 경기에서 양 팀의 점수가 3 대 2가 되는 상황을 칭하더군요. 축구 황제, 펠레 선수가 '축구에서 가장 재미있는 스코어'라고 한 말에서 유래되었다는 풍문이 전해집니다. 국어사전에 정식으로 등재된 단어는 아니지만, 축구와 관련된 어휘를 새롭게 알게 되어 기뻤습니다.

제주도 여행을 하다가 한 독립책방에서 '승마 에세이'를 구매한 적이 있습니다. 제주의 특색을 담은 주제가 매력적으로 느껴졌습니다. 책을 읽던 중 '마방굴레'라는 용어를 발견했는데요. 말의 얼굴에 씌워 고삐를 연결하는 마구를 그렇게 부르더군요. 승마를 배우는 사람이 가장 먼저 하는 일이 이 마방굴레를 말에게 씌우는 일이라고 합니다. 말에 채우는 장비와 관련된 단어는 '고삐'만 알고 있었는데 하나 더 획득한 것이죠. 나중에 말이나 승마와 관련된 글을 쓸 기회가 생기면 활용해야겠다고 생각했습니다.

이렇듯 새로운 단어를 발견하는 순간은 예기치 못하게 찾아옵니다. 그 순간을 꼭 붙잡으려면 갖추어야 할 무기가 있는데요. 글밥 코치에게 문해력 PT를 받았던 글 모임원의 사례를 들어볼게요. 그는 책을 읽다가 생전 처음으로 '키치(kitsch)'라는 단어를 발견했는데 처음에는 키티(일본 캐릭터)의 오타인 줄 알았다고 합니다. 국어사전을 찾아봐도 설명이 제대로 나와 있지 않았고 오픈 사전을 읽어보아도 이해가 잘되지 않아 애를 먹었지요. 그래서 '키치'라는 단어가 들어간 칼럼 몇 편을 찾아 읽어보았고, 비로소 이해했다고 합니다. 예술 분야에서 주로 사용하는 용어이니 공부가 필요했던 거죠. 이 정도면 어휘력 고수가 될 만한 끈기 아닌가요? 맞습니다, 어휘력을 키우는 무기는 '집착과 끈기'입니다.

전문용어나 잘 모르는 분야의 어휘를 습득하는 방법은 관련 책이나 칼럼처럼 맥락이 있는 긴 글을 읽는 겁니다. 물론, 관련 분야 종사자와 친분이 있어 대화를 자주 나눌 수 있다면 가장 좋겠지만, 쉬운 일은 아니니까요. 전문용어는 국어사전만 찾아서는 어휘의 뜻을 온전히 헤아리기 힘들고, 이해했다고 해도 또다시 만나거나 쓸 일이 자주 없어서 도로 잊어버리게 됩니다. 서사 안에서 단어를 파악하면 머릿속에 있던 내 배경지식들과 새로운 정보가 결합하면서 지도가 그려집니다. '아, 이런 경우에 이런 단어를 쓰는 것이구나.' 좀 더 또렷하게 각인됩니다.

음식 표현을 맛깔스럽게 하고 싶으면 요리책을, 그림을 심도 있게 보고 싶다면 미술사 책을 찾아 읽습니다. 내가 잘 알고 관심 있는 분야만 읽고 쓰면 어휘의 폭을 넓히기 힘듭니다. 다양한 학문에 호기심을 갖고 책을 접하면서 어휘를 늘려보세요. 모르는 단어가 나오면 물고 늘어져 관련 자료도 찾아보고, 꼬리에 꼬리를 물고 어휘를 탐구해보기 바랍니다.

다음에 나오는 전문용어들을 국어사전이 아닌 긴 글로 익혀보세요. 책, 칼럼, 오픈 백과사전도 좋습니다. 사진이나 동영상 자료를 찾아보면 더욱 도움이 되겠죠?

미술 용어

• 그로테스크	• 낙관	• 마블링
• 마티에르	• 실크스크린	• 콜라주
• 토르소	• 팝아트	• 프레스코

과학 용어

• 대류	• 반도체	• 백야
• 부교감신경	• 염색체	• 전도
• 전해질	• 항상성	• 효소

클라이밍 용어

• 볼더링	• 빌레이어	• 슬랩
• 오버행	• 온사이트	• 카라비너
• 퀵드로우	• 크럭스	• 홀드

PT 27회 차

책 읽고 질문 만들기

말하기 훈련 ①

어휘력에 관심이 있다면 책을 좋아할 테고, 이미 독서 모임에 참여하고 있는지도 모르겠습니다. 특별한 형식 없이 서로의 생각과 감상을 자유롭게 나누어도 좋지만, 주제를 준비해서 토론하면 더욱 알차고 재미있습니다. 책을 읽고 생각을 정리해 발제문을 만들고 독서 모임에 참여하면 읽기, 쓰기, 말하기 훈련까지 '일석삼조'입니다.

발제란 책을 읽고 함께 나누어볼 만한 주제를 가려 뽑는 것을 말합니다. 발제라는 말이 어렵게 느껴지나요? 그렇다면 '질문'이라는 말로 바꾸어볼까요. 내가 시험문제 출제위원이라고 가정하고 책 한 권이라는 시험범위 내에서 주관식 질문을 만들어보는 겁니다. 일반적인 시험과 다른 점은 정답이 없다는 것! 독서 모임원들과 함께 저자의 메시지, 등장인물의 속사정을 자유롭게 생각하고 상상해보는 거죠. 적절한 이유와 근거만 댈 수 있다면 모두가 정답인 행복한 시험입니다.

고진숙의 《신비 섬 제주 유산》이란 책으로 독서 모임을 한 적이 있습니다. 제주라고 하면 가장 먼저 떠오르는 것이 에메랄드빛 바다와 야자수, 이국적인 풍경이었는데요. 이 책은 제주의 자연뿐 아니라 역사와 문화를 월별로 다루어 제주의 진면모를 폭넓게 보여줍니다. 그중에서 제가 주목한 부분은 '돌하르방' 이야기였어요.

> 돌하르방이라는 명칭도 따지고 보면 붙여진 지 그리 오래되지 않았다. 그전에는 우성목, 무성목, 벅수머리, 돌영감, 수문장, 장군석, 동자석, 옹중석, 망주석과 뒤섞여 불리던 이름 중 하나였다. (중략) 몽골의 영향이 강한 제주인 만큼 몽골의 훈촐로(몽골 초원에 있는 석인상)가 제주에 넘어와서 돌하르방이 된 것이라는 설, 발리에 석상이 많으니 그곳에서 넘어와 만들어졌다는 설, 남해안 일대의 장승과 모양새가 비슷하니 그곳에서 전래되었다는 설, 돌하르방에 구멍이 있어서 정낭의 구실을 하게 되어 있는 것으로 보아 제주도 자체에서 만들어졌다는 설, 이렇게 네 개의 설이 있다.•

제주도 어디에 가도 흔하게 볼 수 있는 상징물이죠. 그런데 돌하르방의 역사가 생각보다 길지 않더라고요. 아주 오랜 내력이 있는 줄 알았는데 말이죠. 유구한 역사가 있는 것도 아닌데 어떻게 제주의 상징으로 자리 잡게 됐는지 궁금했고 모임원들의 생각을 들어보

• 《신비 섬 제주 유산》, 고진숙 지음, 블랙피쉬, 2023.

고 싶었습니다. 그래서 만든 질문!

Q. 책에 따르면, '돌하르방'은 1971년 제주문화재위원회에 의해 명칭이 통일되기 전까지 다양한 이름으로 불렸고 그 기원이 불분명합니다. 그런데도 제주를 대표하는 관광 상품으로 자리 잡았는데요. 저자는 그 비결로 '네이밍의 승리'를 꼽았습니다. 제주 사람들은 친근함과 존경심을 갖는 대상에게 '하르방'이라고 부르기 때문이라고요. 이 외에도 돌하르방이 제주의 상징으로 자리 잡을 수 있던 이유는 또 무엇이 있을까요?

정확한 사정은 알 수 없겠지만, 이름 덕을 본 것 외에도 또 다른 요인이 있지 않을까 함께 생각해보자는 것이었죠. 여러 사람이 머리를 맞대자 다양한 의견이 나왔는데요. 돌하르방의 친근하고 귀여운 외형이 호감을 주었다는 의견, '코를 만지면 아들을 낳는다'라는 설화도 한몫하지 않았을까 하는 합리적인 추론도 있었습니다. 당시에는 남아선호사상이 강했기 때문에 돌하르방이 인기를 끌었고 그 명성(?)이 널리 퍼졌다는 것이죠. 일리가 있죠? 이처럼 독서 발제문은 책 속에 갇힌 글을 말로 풀어내면서 새로운 화두를 만들어내는 마중물 역할을 합니다.

소설을 읽고 발제문으로 만들면 더욱 풍성한 생각을 나눌 수 있습니다. 부커상 최종 후보에도 오른 황석영의 《철도원 삼대》로 발제문을 만들어보았습니다. 소설은 일제강점기부터 현재까지 약 100년간의 한국사를 아우르며 노동자들의 삶과 투쟁을 보여주는데요. 다음은 해고를 당한 후 굴뚝 위에서 농성 중인 이진오가 과거를 회상하는 장면입니다.

> 진오는 국민학교 시절에 할머니 신금이에게 되물은 적이 있었다.
> "일제시대에는 그랬다 치고, 왜 우리 식구들은 힘센 쪽에 붙지 못하고 맨날 지는 쪽에만 편들었어요?"
> "왜, 약한 쪽 편드는 게 싫으냐?"
> "물론이지요. 너무 손해잖아요?"
> 그러면 할머니는 감실감실 주름살 잡힌 눈을 더욱 가늘게 뜨고 웃으면서 말했다.
> "그때에는 지는 것처럼 보여도 결국은 약한 이들이 이기게 되어 있다. 너무 느려서 답답하긴 했지만."
> 그리고 신금이는 덧붙였다.
> "오래 살다보면 알 수 있단다. 서로 겉으로 내색을 안 할 뿐이지 속으론 다들 알구 있거든."•

강자에게 잘 보이면 승승장구하고, 정의를 위해 싸우면 고난을 겪는 현실이 오늘날과도 크게 달라 보이지 않았는데요. 그럼에도 '정

• 《철도원 삼대》, 황석영 지음, 창비, 2020.

의'를 택하는 삶에는 어떤 의미가 있는지 알고 싶었습니다. 그래서 함께 나눌 질문 2개를 뽑아냈습니다.

Q1. 어린 진오의 물음에 할머니 신금이는 느리긴 하지만 '지는 것처럼 보여도 결국은 약한 이들이 이기게 되어 있다'라고 하며 '서로 겉으로 내색을 안 할 뿐, 속으로는 다 알고 있다'라고 말합니다. 이 말은 어떤 의미일까요?

Q2. 역사 속에서, 혹은 내 주변에서 '지는 것처럼 보여도 결국 약한 이들이 이기게 된' 경우를 본 경험이 있나요?

발제문은 책과 삶을 연결하는 가교이자, 저자와 독자가 나누는 대화입니다. 저자가 책에서 말하는 내용에 동의하는지 스스로 물어봅니다. 동의하지 않는다면 그 이유는 무엇인지 이유와 근거를 찾습니다. 책은 말이 없지만 나는 질문할 수 있습니다. 그리고 같은 책을 읽고 모인 사람들과 이야기를 나누죠.

독서 발제문을 만들면 토론의 달인이 됩니다. 궁금증을 나만의 언어로 풀어가는 과정, 그때 필요한 단어들의 조합, 페이지를 뒤적이며 찾아내는 단서들, 이 모든 것들이 융합되면서 당신을 똑소리 나게 말하는 사람으로 만듭니다.

글밥 코치가 발제문을 만들며 뽑아냈던 다음 질문들을 참고해서 요즘 읽고 있는 책의 발제문을 작성해보세요. 기왕이면 독서 모임원을 모집해서 토론까지 진행해보면 좋겠죠?

소설 발제 질문 예

Q. 대학원생 시절 김원 씨는 카지노에서 선택을 바꾸는 바람에 판돈을 전부 잃고 말았습니다. 그는 미래를 포기하지만 않으면 결국 돈을 따게 되는데 다만 그 '판돈'이 모자랐을 뿐이라고 이야기했는데요. 여기서 판돈이란, 인생에서 어떤 존재일까요? (*참고: 김연수의 《이토록 평범한 미래》)

Q. 수녀원에서 학대받는 아이들을 모른 척하고 집으로 돌아온 펄롱은 아내 아일린에게 그 이야기를 털어놓습니다. 아일린은 우리 애들은 잘 크고 있는데 그게 무슨 상관이냐고 말하는데요. 이에 펄롱은 상관이 없는 줄 알았는데 당신의 이야기를 듣다 보니 잘 모르겠다며 입장을 번복합니다. 아내와 대화하던 펄롱은 갑자기 왜 마음이 바뀐 것일까요? (*참고: 클레어 키건의 《이처럼 사소한 것들》)

Q. 한지는 나이로비로 떠나기 2주 전부터 알 수 없는 이유로 영주에게 등을 돌립니다. 영주는 일기가 적힌 노트로나마 마음을 전하려고 했지만 이마저 받아주지 않습니다. 한지는 왜 그랬을까요? (*참고: 최은영의 《쇼코의 미소》)

인문서 발제 질문 예

Q. 저자는 우리의 자유의지는 자아에서 비롯되고, 자아는 나이가 들어감

에 따라 생기는 뇌와 호르몬 분비의 변화에 영향을 받기 때문에 전향하는 행위를 좋고 나쁨으로 평가할 수 없다고 주장했습니다. 이에 동의하나요? (*참고: 유시민의 《문과 남자의 과학 공부》)

Q. 모든 생명이 살아가고 존재하는 형식인 노동 그 자체를 우리는 인간화·예술화해나가야 한다는 저자의 의견은 어떤 의미일까요? 그렇다면 우리 사회에서 노동을 인간화·예술화한 구체적인 사례는 무엇이 있을까요? (*참고: 신영복의 《담론》)

철학서 발제 질문 예

Q. 쇼펜하우어는 행복에 있어 본질적인 자산인 인격이 가장 중요하고 그 다음은 생계를 이어나가는 것이라고 했습니다. 인격을 위해 명예나 명성 등은 포기할 필요도 있다고 주장했는데, 이와 비슷한 경험을 했거나 주변에서 본 적이 있나요? (*참고: 쇼펜하우어의 《남에게 보여주려고 인생을 낭비하지 마라》. 아래 두 발제문도 같은 책에서 만들었음)

Q. 이와 반대로 명예와 명성, 지위를 지키고자 인격을 포기하는 사례를 본 경험이 있나요?

Q. 쇼펜하우어는 우리가 접하는 사람은 대부분 악하고 멍청하므로 '사교성'이라는 성향은 위험하다고 말합니다. 심지어 사교적이지 않은 사람은 '위대한' 특성을 가졌다고 말하는데, 이에 대해 어떻게 생각하시나요?

PT 28회 차

비유 사용하기

말하기 훈련 ②

말을 익살스럽게 하는 친구들을 보면 공통점이 있습니다. 비유를 참 잘하는 것인데요. 그래서일까요, 특히 개그맨 중에 은유의 대가가 많습니다.

- 소독하기 좋은 날씨네 = 술 마시기 좋은 날씨네
- 가죽에 다림질 좀 해야겠다 = 피부 관리 좀 받아야겠다
- 네가 뭔데 내 인생에 노를 저어 = 내 인생에 참견하지 마

'휴먼 상렬체'라고도 불리는 개그맨 지상렬 씨의 독창적인 은유입니다. 다소 표현이 거칠긴 하지만 창의적이면서도 구구절절 설명이 필요 없는 완벽한 은유죠. 은유란 원래의 관념에 보조관념을 만들어내는 것을 말합니다. 소독하기 좋은 날씨라는 표현은 '술 → 알코올 → 소독 용품'이라는 사고 과정을 거쳐 탄생합니다. 원관념은 술, 보조관념은 소독이 되는 거죠. 가장 유명한 관용구가 있죠. '내 마음은 호수요'에서 마음은 원관념, 호수는 보조관념입니다.

은유적인 표현이 많이 나오는 작품으로 《네루다의 우편배달부》를 소개하고 싶습니다. 칠레의 작가 안토니오 스카르메타가 국민 시인, 파블로 네루다를 소재로 쓴 소설인데요. 영화 〈일 포스티노〉의 원작이기도 하죠. 시인 네루다의 전담 집배원으로 등장하는 마리오는 술집 종업원 베아트리체에게 첫눈에 반하고, 그녀를 유혹하기 위해 네루다에게서 시를 배웁니다. 처음에는 그저 '유혹의 기술'을 배우는 것이 목적이었는데 시적인 표현을 배우면서 점점 은유의 대가로 거듭나는 마리오의 이야기가 흥미롭습니다.

자신에게 '한 떨기 장미, 영글어 터진 창, 부서지는 물'처럼 웃는다고 칭송하는 남자에게 어찌 빠지지 않을 수 있을까요. 베아트리체는 결국 마리오의 유혹에 홀랑 넘어가고 말았지요. '당신은 정말 아름답습니다', '당신을 사랑합니다'라는 말은 누구나 하는 표현이지만 마리오의 비유는 창의적이고, 오직 한 사람만을 위한 표현이니 감동이 클 수밖에 없겠죠. 마리오의 현란한 말솜씨에 넘어간 딸에게 강물은 자갈을, 말은 임신을 가져온다며 몸단속시키는 베아트리체 엄마의 은유 또한 예사롭지 않죠.

소설에는 이 외에도 탁월한 은유가 대거 등장합니다. 유물론자를

'장미와 통닭 중 언제나 통닭을 집는 사람'이라고 표현한 문장도 하나의 예일 텐데요. 은유를 풀어헤쳐볼까요. 여기서 장미의 원관념은 '낭만'을 뜻하겠죠. 장미와 대비되는 통닭은 '현실'이고요. '유물론자란 만물의 근원을 물질로 보고 정신도 물질의 산물이라고 보는 사람'이라고 설명하는 것보다 훨씬 이해하기 쉽습니다. 은유는 참신함으로 충격과 감동도 주지만, 이처럼 어려운 개념을 직관적으로 보여주기도 합니다.

'한줄평'의 대가 이동진 영화평론가 역시 은유를 잘하는 사람입니다. 2시간이 넘는 영화를 한 줄로 요약하는 능력만 봐도 그렇죠. 그중에서도 기억에 남는 은유가 있습니다. '교양을 쌓는 데 영화와 책 중에 무엇이 더 도움이 될까요?'라는 질문에 '영화는 술이고 책은 물'이라고 답한 것인데요. 영화는 우리를 뜨겁게 하고 책은 우리를 차갑게 만드는데 이성은 기본적으로 차가운 것이니 교양을 쌓는 도구로는 책이 우세하다고 했습니다. 묘하게 설득력 있죠?

안토니오 스카르메타와 이동진이 은유의 달인이라면 무라카미 하루키는 직유의 달인입니다. 그의 장편소설《도시와 그 불확실한 벽》은 스토리도 흥미진진하지만 특히 초반부에 연달아 나오는 참신한 직유가 일품입니다.

얼룩 하나 없는 깨끗한 신발을 '친절한 난쟁이 일곱 명이 동트기 전에 정성스럽게 닦아준' 것 같다고 묘사한다거나 주전자 뚜껑이 갑자기 덜거덕거리는 모습을 '잠에서 막 깬 동물처럼 몸을 작게 떤다'고 비유한 것. 그의 눈에 그림자는 '아무렇게나 벗어 던진 장화'처럼 보이기도 하고 나뭇가지에 쌓인 눈이 바닥으로 떨어지는 장면은 '힘이 빠져 손을 놓는 사람'처럼도 보이는 모양입니다. 어디서도 보지 못했던 감각적인 직유죠.

슬슬 욕심이 생기지 않나요? 전혀 관계가 없다고 생각했던 단어들을 잘 조합해서 세상에 하나뿐인 표현을 탄생시키는 '비유의 마법'. 사람들과 대화할 때도 지루하게 설명하는 대신 독창적인 비유를 써먹어보세요. 어휘력 공부를 하다가 마리오처럼 운명의 상대를 만나게 될지도 몰라요.

PT 29회 차

나만의 국어사전 만들기

쓰기 훈련 ①

'성공'이 무엇이라고 생각하나요? 평생 일하지 않아도 먹고살 만큼 부를 축적하는 것? 자신의 분야에서 최고의 자리에 오르는 것? 성공의 정의는 성공한 사람의 수만큼 다양하겠죠. 국어사전에서는 이렇게 정의합니다. '목적하는 바를 이룸'. 공감하지 않을 수 없는 풀이죠. 군더더기 없이 명쾌합니다. 하지만 심심하죠. '나만의 이야기'가 없기 때문인데요.

싱어송라이터 이적의 산문집《이적의 단어들》에서는 성공이라는 단어를 이렇게 정의하더군요. 내가 싫어하는 사람과 일하지 않아도 사는 데 아무 문제 없는 상태라고요(엇, 저 성공했네요☺). 짧지만 강렬합니다. 지은이만의 가치관이 드러나기도 하고요.

카피라이터 정철의《사람사전》과 작사가 김이나의《보통의 언어들》에도 자신만의 단어가 실려 있습니다. 우리도 '나만의 국어사전'을 만들어볼까요? 기억부터 히읗까지 하루에 한 단어씩 정의해보는 겁니다. 사전 풀이처럼 누구나 수긍이 가면서도 나만의 관점과 철학이 들어간, 세상에서 유일무이한 뜻풀이를 해보는 것이죠.

똑같은 단어라도, 각자의 지문이 다른 것처럼 사람마다 정의가 다릅니다. 글밥 코치의 아바매글 글쓰기 모임원들은 '일상'이라는 단어를 각각 어떻게 풀이했을까요(모임원의 닉네임은 괄호 속에 밝혔습니다).

나만의 국어사전: 오늘의 단어 '일상'

→ 간과하기 쉬운 것. (레몬에이드)

→ 당연하다 생각할수록 더 소중하게 아끼고 감사하기. (플라잉맘)

→ 안녕한 오늘, 그래서 더 빛나는. (달달한 커피)

→ 있을 땐 당연, 빼앗기면 분노, 되찾으면 소중, 하지만 다시 탈출하고 싶어지는 것. (배바꿈)

일상에 느끼는 주된 감정이 아쉬움인지, 감사인지, 애증인지에 따라 풀이가 다르죠. 지은이의 재치가 흘러넘치는 또 다른 국어사전을 보여드리겠습니다. 실제 국어사전처럼 예문까지 작성했습니다.

나만의 국어사전: 오늘의 단어 '시작'

→ [미래 시제] 어떤 일이나 행동의 첫 단계를 미루거나 그렇게 함. 또는 그 버릇. (배바꿈)

예문 1. 내일부터 글쓰기 시작

2. 오늘까지만 먹고 다이어트 시작

3. 딱 남아 있는 것만 피우고 금연 시작

이처럼 모두의 단어를 '나만의 단어'로 풀이하는 과정에서, 내 머릿속에는 어떤 일들이 벌어질까요. 먼저 질문을 합니다. 예를 들어, '시작'이라는 말을 나는 언제 가장 자주 사용했더라, 하고 자신에게 묻죠. 그러면 곧 단어와 관련된 경험을 더듬으면서 찾게 됩니다. 최신 기억부터 오래된 기억까지 쭉 훑어갑니다. '음, 글쓰기를 시작했고 새해 시작할 때는 다이어트도 결심했지.' 사례들이 떠오르면 그것들의 공통점을 따지게 됩니다. '그러고 보니 시작을 바로 한 경우가 없구나. 내일부터, 오늘까지만, 하며 미루었네!' 알아차립니다. 그렇게 시작이라는 단어에서 '어떤 일이나 행동의 첫 단계를 미루는 일'이란 정의가 나오게 된 것이죠. 즉, 질문 → 돌아보기 → 공통점 찾기 과정을 통해 생각하는 힘을 기를 수 있습니다.

반드시 명사로 고집하지 않아도 괜찮습니다. '아름답다', '수런거리다', '자유롭다', '너무'처럼 형용사나 동사, 부사까지 국어사전에 나오는 단어라면 모두 가능합니다.

나에게 익숙하지 않은 단어를 정의해보는 연습은 어휘력을 기르는 데에 더욱 도움이 됩니다. 낯선 단어는 내 단어가 되기까지 꽤 오랜 시간이 걸립니다. 책을 읽다가(문맥 속에서) 여러 번 발견해야 하고 직접 활용해보는 횟수가 반복되면서 차츰 머릿속에 달라붙습니다. '나만의 국어사전'으로 풀이하면 그 시간을 단축할 수 있습니다. 나의 경험을 돌아보고 연결하면서 해당 단어가 나와 무관하지 않다는 걸 깨닫기 때문입니다. 사람은 누구나 자신과 관련이 있는 일에 귀를 기울이게 됩니다. 20대 때는 관심 밖이었던 주름 관리에 30대 중반이 넘어서부터는 부쩍 신경을 쓰고 선크림을 챙겨 바르는 것처럼요(네, 제 이야기입니다).

'수런거리다'라는 동사의 뜻을 알고 있나요? 들어본 것 같기는 한데 정확한 뜻을 모르는 분이 많을 겁니다. 뜻을 정확히 알아야 정의를 할 수 있으니 먼저 국어사전에서 단어를 찾아봅니다.

표준국어대사전 풀이

수런거리다: 여러 사람이 한데 모여 수선스럽게 자꾸 지껄이다.

국어사전의 정의가 이해됐으면 이제 앞서 했던 훈련법을 적용합니다. 질문 → 돌아보기 → 공통점 찾기 과정을 거쳐 나만의 정의로 바꾸어봅니다.

나만의 국어사전: 오늘의 단어 '수런거리다'

→ 세 아이를 키우는 엄마, 사춘기를 겪어내는 엄마의 번뇌 소리. (개경)

'수런거리다'라는 뜻은 여러 사람이 모여서 떠드는 것인데, 하루에도 수십 번 마음이 이랬다가 저랬다가 하는 엄마에게는 그것이 자신의 번뇌 소리처럼도 느껴지는 모양입니다. 이렇게 새로운 단어가 나와 관련이 생기면 앞으로는 그 단어를 더 잘 떠올리고, 나아가 활용까지 할 수 있겠죠.

하루에 한 단어씩 단어를 정의해봅니다. 기역, 니은, 디귿 순도 좋고, 자유롭게 원하는 단어부터 시작해도 좋습니다. 엑셀 파일로 오름차순 정렬을 하면 제법 국어사전 꼴을 갖추겠죠. 바로 실습해볼까요? 자, 눈앞에 놓여 있는 책을 아무 장이나 펼쳐보세요. 그리고 오른쪽 페이지에서 눈에 띄는 단어 하나를 골라내세요. 질문 → 돌아보기 → 공통점 찾기 과정을 거쳐서 나만의 단어로 정의해봅시다.

PT 30회 차

'어휘 만다라트'로 유의어·반의어 채우기(심화)*

쓰기 훈련 ②

새해를 앞두면 약속이나 한 듯 각자의 방식으로 크고 작은 목표들을 세우는데요. 그중에서도 아침 일찍 일어나기, 영어 공부하기, 다이어트 도전은 마치 뫼비우스의 띠처럼 새롭게 시작되죠. 굵직한 월간 목표를 세우기도 하고, 평생에 해보고 싶은 일을 하나하나 떠올리며 버킷 리스트를 꾸리기도 합니다. 몇 년 전부터는 활짝 핀 연꽃 모양으로 뻗어가며 아이디어를 발상하는 '만다라트(Mandal-Art)'라는 정리 기법이 자주 눈에 띄었는데요. 야구선수 오타니 쇼헤이가 이 방법으로 목표를 이루었다고 알려져 있습니다. 모양이 불교의 만다라 형태와 유사하다고 하여 만다라트라고 불립니다.

글밥 코치도 만다라트를 활용해 새해 목표를 세운 적이 있습니다. 부끄럽지만 2020년 말에 만다라트에 작성했던 개인 목표를 공개합니다. 지금 보니 쓰는 대로 이루어진 것들도 꽤 보입니다(!).

---

* PT 30회 차는 글밥 코치의 책 《어른의 문해력》 2장 '2회 차-어휘력 늘리기, 이것부터 시작: 유의어·반의어'의 [심화 편]입니다.

삶은 쓰는 대로 이루어진다!

2021년 글밥은?

남편 챙겨주기		양가 부모님 건강검진	평일 7시기상	주말 8시기상	이틀에 한번 커피		자기30분 전핸드폰 안하기	정리정돈
친절한 말투	**가족**	먼저 전화하기	몸무게 55kg유지	**몸 건강**	술은 주1회만		**마음 건강**	따뜻한 차
양가부모님과 연2회 이상여행			낮잠 안자기	주 2회 달리기	주2회 요가		차분히 기다리기	긍정적 생각
긍정적인 사람을 가까이	조언보다 공감하기	의미 없는 만남 안하기	**가족**	**몸 건강**	**마음 건강**	배달 포트폴리오 점검	주식 말고 뭐 있을까	인색하지 않기
먼저 인사하기	**관계**	서운해 말기	**관계**	**몸과마음이 건강한 김 작가**	**재정**	경제서적 읽기	**재정**	푼돈 무시하지 말기
	경조사 잘챙기기		**작가**	**글쓰기 코치**	**도전**			
칼럼기고	방송알바	1일1글		블로그 가꾸기	출간 조력자	영어회화 레벨 올리기	주1회 미드시청	
브런치북 공모전 도전	**작가**	세번째 책계약	공부	**글쓰기 코치**	글쓰기 강의	드로잉 연재	**도전**	독서 100권
문학 많이 읽기	필사유지					글쓰기 공모전	유튜브	

9개 칸이 있는 사각형 9개를 그린 후, 가운데 사각형 중앙에 핵심 목표를 씁니다. 그것을 이루기 위한 범주를 나머지 8개 사각형 중앙에 각각 쓰고요. 남은 8개 칸에는 범주를 구체화하는 세부 목표를 작성하는 식이죠. 미처 다 채우지 못한 칸도 있는데요. 빈칸을 보니 어떤 내용을 채우면 좋을까, 지금도 고민하게 되네요.

왜 갑자기 목표 이야기냐고요? 만다라트로 어휘력을 늘리는 방법을 알려드리려고 합니다. 유의어나 반의어를 재미있고 끈질기게 공부할 수 있습니다. 전작《어른의 문해력》에서도 어휘력을 늘리는 효과적인 방법으로 유의어와 반의어 학습을 강조했는데요. 유의어·반의어 학습 심화 편입니다.

예를 들어 '가멸차다'라는 새로운 단어를 알게 되었어요. 낯선 단어라 뜻이 한 번에 각인되지 않을 거예요. 유의어와 반의어를 함께 고민하면 단어 자체만 아는 것보다 기억에 잘 새겨집니다.

가운데 사각형 중앙에 '가멸차다'라는 목표 단어를 써넣고 위 칸에는 뜻, 활용, 이미지를 범주로 적습니다. 양쪽 아래에는 유의어와 반의어를 쓰고요. 각각 대각선 방향으로 범주를 구체화해보는 겁니다.

범주 설명

- **뜻:** 목표 단어를 국어사전에서 찾아 대표적인 뜻을 쓴다(최대 2개).
- **활용:** 목표 단어를 넣어 문장을 만든다.
- **이미지:** 목표 단어를 떠올렸을 때 연상되는 이미지를 채운다.
- **유의어:** 목표 단어의 유의어를 채운다.
- **반의어:** 목표 단어의 반의어를 채운다.

그런데 유의어와 반의어의 옆과 위에는 범주가 적히지 않은 빈칸

1. 재산이나 자원 따위가 매우 많고 풍족하다			그 집은 대대로 가멸찬 집안이었다.			성공한 CEO	화수분	기름진 땅
	뜻			활용		강남	**이미지**	석유
			그녀는 다방면으로 재능이 가멸차서 부러움을 샀다.			부자	배부른 돼지	황금
			뜻	**활용**	**이미지**			
				가멸차다				
			유의어		**반의어**			
부유하다	넉넉하다	풍성하다	부하다		부실하다	부족하다	빠듯하다	빈약하다
풍족하다	**유의어**	여유롭다	푸짐하다		궁하다	옹색하다	**반의어**	가난하다
윤택하다	풍요롭다	풍부하다				궁핍하다	배고프다	빈곤하다

어휘 만다라트

을 일부 남겨놓았는데요. 이유가 있습니다. 끝내지 못한 일이 계속 해서 기억에 남는 자이가르닉 효과(zeigarnik effect)를 노리는 것입니다. 시험 하루 전에 벼락치기로 공부한 후, 시험이 끝나자마자 거짓말처럼 잊어버린 경험이 있죠? 목적이 시험이었고 그것이 달성되었으니 기억에서 삭제된 거죠. 반면, 목적을 달성하지 못하면 뇌는 그것을 애써 기억하려고 합니다. 마찬가지로 채우지 못한 빈칸은 찜찜

한 기분을 들게 해 목표 단어를 계속 떠올리게 만듭니다. 연속극 마무리를 궁금하게 끝내 다음 화를 기다리게 하는 것처럼요. 유의어와 반의어의 8개 칸은 노력하면 채우겠지만 그 옆 칸까지 생각해내기란 쉽지 않을 거예요. 칸을 모두 채우기 전까지 '가멸차다'라는 단어가 내내 머릿속에서 맴돌 겁니다.

이번에는 '명징하다'라는 단어로 한 번 더 연습해보겠습니다. 두 가지 뜻이 있는 단어는 칸을 채우기가 더 수월하겠죠? 채우는 순서

1. 깨끗하고 맑다			명징한 개울물에 내 얼굴이 비쳤다.			거울	호수	물
	뜻			**활용**		개울물	**이미지**	어린아이
2. 사실이나 증거로 분명히 하다			수사를 통해 그의 비리를 명징했다.			형사	재판	수사반장
			뜻	**활용**	**이미지**			
				명징하다				
			유의어		**반의어**			
투명하다	청아하다	순수하다				흐리멍덩하다	흐리다	불투명하다
명백하다	**유의어**	깨끗하다				흐릿하다	**반의어**	지저분하다
분명하다	드러내다	확실하다				묻히다	가라앉다	무마되다

는 먼저 국어사전을 찾아 '뜻'을 채우고, 그다음 '활용'에서 문장 짓기, 그다음은 '이미지'로 가면 좋습니다. 머릿속에 이미지를 그리고 난 후에 유의어와 반의어를 꺼내면 한결 잘 떠오릅니다.

이제 감이 좀 잡혔나요. 직접 어휘 만다라트를 채워볼 차례입니다. 빈칸을 보니 어서 채우고 싶은 욕망이 꿈틀꿈틀한다고요? 마지막 도전 과제는 '황망하다'입니다. 지금 바로 펜을 듭시다.

1. 마음이 몹시 급하여 당황하고 허둥지둥하는 면이 있다.			갑작스러운 손님의 방문에 황망해하며 문을 열었다.					
	뜻			활용			이미지	
			뜻	활용	이미지			
				황망하다				
			유의어		반의어			
		어리둥절하다				편안하다		
	유의어	당황하다				자연스럽다	반의어	

'어휘력' 운동화를 신고 신나게 달려볼까

어휘력 고수를 향해 달려온 9주간의 여정, 무사히 완주하셨군요. 고생 많았고 축하드립니다!

읽기, 말하기, 쓰기를 중심으로 어휘력 훈련을 했는데 어떠셨나요. 어휘 근육이 탄탄하게 올라온 느낌이 드나요? 아직 잘 모르겠다고요? 훈련의 효과는 책 마지막 장을 덮었을 때 비로소 진가를 발휘합니다. 이제부터 본격적으로 써먹으라는 뜻입니다. 책을 읽을 때나 글을 쓸 때, 독서 모임을 할 때는 물론이고 회사에서 문서작업을 할 때, 소중한 사람들과 대화를 나눌 때도 두고두고 적용하시기 바랍니다. 몰라보게 세련되어진 말솜씨에 다들 놀라고 말 거예요.

어휘력 PT를 받기 전과 지금, '어휘력'에 대한 생각도 많이 달라졌을 것 같은데요. 여러분에게 어휘력은 어떤 의미인가요?

나에게 어휘력이란 '자유'이다. 오리는 더 멋진 풍경을 보기 위해 달립니다. '저기까지 걸으면 하늘 위 구름이 솜사탕이 되어 있을 거야, 더 걸으면 눈사람으로 변해 있을 테지.' 내게 어휘력이 필요한 이유도 오리와 같아요.

어휘력을 갖추면 언젠가는 나도 자유롭게 달리는 오리처럼 지금보다 더 괜찮은 글을 쓸 거라 믿습니다. 마음껏 표현할 수 있는 자유를 찾고 싶어요.

아바매글 글쓰기 모임원 전연숙(쌍둥이맘)

나에게 어휘력이란 '어른스러움'이다. 사람들은 저를 닮은 낱말들을 골라 쓰고, 자기를 표현합니다. 사람이 낱말이고 낱말이 또 사람인 것입니다. 그래서 어휘력은 지금보다 나은 어른이 되기 위한 말, 글의 노력이죠. 일부러 애쓰지 않아도 말과 글이 물 흐르듯 자연스럽게 나오고 편안한 인품이 느껴지는 어른이 되기 위한 노력. 말에서 어른스러움이 느껴지는 사람이 되고 싶습니다.

아바매글 글쓰기 모임원 오순아(바라는 대로)

나에게 어휘력이란 '올바른 말'이다. 적재적소에 딱 맞는 눈치 있는 말을 하는 능력입니다. 조용한 때를 못 참고 자꾸 시간을 채우려 하는 의미 없는 말이 아닌, 필요할 때 올바른 말을 하는 능력입니다.

아바매글 글쓰기 모임원 김경민(플라잉맘)

어휘력 훈련을 마친 글쓰기 모임원들의 고백은, 어휘력이란 삶의 변화를 잉태했을 때 더욱 빛난다는 진실을 보여주는 듯합니다. 오늘부터 왼쪽에서 오른쪽으로 읽고, 나오는 대로 말하고, 아무렇게나 쓰던 언어생활에 종지부를 찍습니다. 호기심 가득한 눈으로 어휘를 끈질기게 탐구하고, 품격 있게 말하는 당신의 모습이 그려지네요.

시간이 어느 정도 흐르고 나면 읽고 쓰는 생활에 흥미가 떨어지는 날도 올 거예요. 그럴 때는 자책하는 대신 편안한 소파에 누워 이 책을 다시 펼쳐보세요. 무심하게 페이지를 넘기다 보면 다시 운동화를 고쳐 신고 싶은 마음이 솟아날 거예요. 글밥 코치는 언제나 페이스메이커가 되어 옆에서 함께 달릴 준비를 하고 있겠습니다.

부록

어휘 만다라트 양식

	뜻			활용			이미지	
			뜻	활용	이미지			
			유의어		반의어			
	유의어						반의어	

새로운 단어를 알게 되었다면 어휘 만다라트를 활용해 제대로 익혀보세요.

① 사각형 중앙에 새로 알게 된 단어(=목표 단어)를 쓰세요.
② 뜻: 국어사전에서 찾아 대표 뜻을 쓰세요(최대 2개).
③ 활용: 목표 단어를 넣어 문장을 만들어보세요.
④ 이미지: 목표 단어에서 연상되는 이미지를 자유롭게 써보세요.
⑤ 유의어와 반의어: 목표 단어의 유의어와 반의어를 써보세요(위 칸, 옆 칸도 활용).

고민하는 동안 당신의 어휘 세계가 확장될 거예요!

	뜻			활용			이미지	
			뜻	활용	이미지			
			유의어		반의어			
	유의어						반의어